K. Chowdiy
März 2015

FVA

BRITTA BOERDNER

WAS VERBORGEN BLEIBT

ROMAN

FRANKFURTER VERLAGSANSTALT

FSC
www.fsc.org
MIX
Papier aus verantwortungsvollen Quellen
FSC® C014496

1. Auflage 2012
Im fünfundzwanzigsten Jahr der FVA

Herstellung und Umschlaggestaltung: Laura J Gerlach
Umschlagmotiv: Manhattan Bridge, © Laura J Gerlach
Satz: psb, Berlin
Druck und Bindung: GGP Media GmbH, Pößneck
Printed in Germany
ISBN: 978-3-627-00185-8

WAS VERBORGEN BLEIBT

I

Über Nacht ist der Frost gekommen. Ich bin zu dünn angezogen, habe nicht damit gerechnet, wie eisig ein Februarmorgen sein kann. Der Wind pfeift um jede Straßenecke, ich schlage den Mantelkragen hoch, will mich immun zeigen gegen die Kälte, bin es auch. Sie geht mich nichts an, diese Kälte, ich bin nur zu Besuch hier. Die Eisengitter der meisten Läden, grau vor Dreck und Alter. Der Himmel, von gleicher Farbe wie die Erde. Die Kälte, die sich trocken und fremd in den Asphalt gefressen hat. Autoreifen, die hart über die Fahrbahn rollen und keine Spuren hinterlassen. Alles ist neu.

In einer Schaufensterscheibe begegne ich mir als wattiertes Paket, schnell gehe ich weiter, und dann ist das Fenster passé. Lange stand ich heute Morgen vor Gregors Kleiderschrank, früher habe ich mir oft, ohne nachzudenken, einen seiner Pullover übergezogen, heute schienen seine Anzüge und Hemden, seine T-Shirts, seine Unterwäsche ganz fremd, fast war es, als hätte ich sie vor sieben Monaten verlassen und nicht sie mich. Dann sah ich, woran es lag, es gab neue Kleidungsstücke, die einen strengen Ton anschlugen, hauptsächlich in Braun und dunklen Grautönen wa-

ren sie, und auch die Kleiderstange und die Regale waren um einiges höher angebracht als in Gregors früherem Schrank zu Hause. Schließlich zog ich einen seiner Winterpullover an, einen, den ich kannte.
Ich bin nur äußerlich unförmig. Unter aller Kleidung ist mein schmaler Sommerkörper verborgen, nichts hat sich an ihm verändert seit dem Tag, an dem Gregor hierhergezogen ist.
Gregors Wohnung war heute früh am Morgen schon ganz überheizt. Die kalte Luft macht mich wach, mit diesem Gedanken treibe ich mich voran, großzügig ignoriere ich dabei meine kalten Füße, die Stadt ist viel zu aufregend, um sich mit Befindlichkeiten abzugeben, und ich bin ja noch nicht mal zehn Minuten unterwegs. Doch dann ist klar, die Sohlen meiner Lederstiefel sind zu dünn, ich spüre meine Füße kaum noch. Aber der Tag gehört mir, und ich habe Narrenfreiheit, ich werde also jetzt schon damit anfangen, von Unterschlupf zu Unterschlupf zu hüpfen, um mich aufzuwärmen, in diesem Fall sind es Cafés und kleine Läden, die mit ihrem warmen Licht locken, das habe ich mir bereits unter der Dusche vorgenommen. Draußen herumtreiben werde ich mich, ich mag es, wenn niemand weiß, wo ich bin, wenn ich mich für ein paar Stunden allem entziehen kann und nur mir selbst überlassen bin. Und neu einkleiden will ich mich, auch das wird heute mein Ziel sein, Schuhe, Strumpfhosen, ein neuer Pullover, vor allen Dingen eine Daunenjacke, die bis zur Hälfte der Waden geht. Fast alle hier tragen eine solche Jacke, eine Marke ist besonders häufig vertreten, ihr Name klingt, als sei

mit ihrem Kauf auch noch dem schlimmsten Zustand die Stirn zu bieten. Wer bei diesem Wetter draußen unterwegs ist, sieht auch wirklich aus wie auf einer Expedition, moderne Amundsens und Cooks begegnen mir, die täglich die weiten Strecken zwischen dem Norden und dem Süden der Stadt hinter sich bringen. Ich will sein wie sie. Die Zuversicht, dass ich einmal genau so hier entlanghasten werde, ohne den Blick nach rechts und links zu wenden, bringt mich zum Lächeln, da ist es auch egal, dass mir in diesem Augenblick der Wind besonders streng entgegenweht und ich meine Augen zu Schlitzen verengen muss.

Vor drei Tagen bin ich gelandet, seit Wochen steht das Datum in meinem Kalender, täglich habe ich es angeschaut. Drei Wochen werde ich bleiben, ein erster Besuch in Gregors neuem Zuhause, eine Annäherung an die Stadt soll es sein. Bald werde ich hier leben, mein Name wird auf dem Klingelschild stehen, jeden Morgen werde ich das Haus verlassen mit meinem eigenen Schlüssel in der Hand, werde ihn in meine Tasche fallen lassen und den Weg zur Arbeit antreten, wo immer sie auch sein wird. Bald werde ich Fotos an Freunde schicken, kommt doch mal, werde ich schreiben. Zwischen mir und der Zukunft liegt dieser kalte Februar und vielleicht auch noch ein kalter März, niemand hat mir gesagt, wie ein Neuanfang aussieht, eines nach dem anderen, sage ich mir. Ich bin hier, das ist das Wichtigste. Die Freude wird sich dann einstellen, wenn ich meine Wohnung in Deutschland

gekündigt und meinen Container gefüllt habe, ich kann das Hochgefühl kaum abwarten, mit dem ich alles auflösen werde, wie einfach es war, werde ich später sagen, man muss sich nur entscheiden, dann ist auch ein Umzug in 6000 Kilometer Ferne keine große Sache.
Auch meine Zähne sind jetzt kalt, mit meiner Zungenspitze versuche ich, sie zu wärmen. An der nächsten großen Kreuzung fahren die Autos so dicht an mir vorüber, dass ich einen Schritt zurücktrete.
Einreiseanträge – Steuererklärung – Scheidung verspricht ein Schild auf Spanisch, das nur wenige Meter neben mir vor dem ebenerdigen Büro eines Advokaten steht, darunter steht es ganz klein auch in Englisch geschrieben. Amüsiert beginne ich gerade, eine ganze Familiengeschichte vor mir aufzufächern, da wird die Ampel grün, und ich konzentriere mich wieder auf das Außen. Sechs Fahrbahnen habe ich zu überqueren, sofort findet der Wind seinen Weg unter meinen Mantel. Die Geschichten, die selbst erfundenen Anekdoten müssen noch warten. Wenigstens heute hatte ich eine freundliche Wintersonne erwartet, die in die Schaufenster fällt und die Auslagen zum Leuchten bringt. Hintereinandergestaffelte Parfümboxen wollte ich sehen, versehen mit schwarzen Schleifen und einem Markennamen, den man auf der ganzen Welt kennt. Doch mein Weg hat nichts mit dem Viertel zu tun, durch das ich vor fünf Jahren mit Gregor gelaufen bin, ich dachte, ich könnte es finden, ohne auf den Stadtplan zu schauen, damals war es Sommer, aber im Winter verändert sich die Welt. Einen

Häuserblock weiter ist mein Atem an der Innenseite meines Schals gefroren, und ich beschließe, den nächstbesten Menschen nach der Straße zu fragen, die ich die ganze Zeit suche.

Wer von uns zuerst da ist, holt den anderen nach, versprachen wir uns, als wir zum ersten Mal gemeinsam hier waren, es war der Abschluss unserer Urlaubsreise durch den Südwesten. Gregor hat es als Erster geschafft, seit Monaten ist er hier. Komm bald, unbedingt, schrieb er mir schon nach ein paar Tagen, hier ist es gut, alle geben sich Mühe, jeder versucht, etwas auf die Beine zu stellen, Mode, Kunst, Musik, an einem einzigen Wochenende siehst du hier mehr tolle Sachen als in einem halben Jahr zu Hause, ich helfe dir, wir finden einen Job für dich und einen Anwalt, der das mit der Arbeitsgenehmigung regelt.
Einen Zettel mit den Telefonnummern zweier Online-Agenturen habe ich mitgebracht, er liegt neben Gregors Telefon, sie sind ein Schlüssel zu meinem neuen Leben, sie wiegen ebenso schwer wie Gregors Haus- und Wohnungsschlüssel, die er mir in die Hand gedrückt hat. Noch habe ich nicht angerufen und nach einem Job gefragt, der Gedanke an das schnelle Englisch, dem ich nichts anderes als Fragen entgegensetzen kann, hält mich davon ab.
Vermummt gegen die Kälte streife ich seit zwei Tagen durch die Straßen, du läufst rum wie Falschgeld, hieß es bei uns zu Hause immer, doch ich bin nicht falsch, ich brauche nur Zeit, alles zu verstehen. Wie ein Puzzleteil will ich mich einfügen in die Stadt und

nicht mehr von ihr zu trennen sein. Die Stadt ist in Filmen plastischer als in Wirklichkeit, dort, wo Gregor wohnt, gibt es keine funkelnden Fassaden, stattdessen läuft man sich die Beine aus dem Leib auf der Suche nach der nächsten U-Bahn. Alles ist ein wenig weiter entfernt und ergebnisloser, als ich es mir vorgestellt habe, Schmutz polstert die Winkel dort aus, wo die Mauern auf den Bordstein treffen, die Scheiben der chinesischen Fast-Food-Lädchen sind beschlagen, kauf nicht zu billig, ermahnte mich Gregor, wenn es nicht nach Hühnchen schmeckt, ist es Ratte, das hat er von seinen Kollegen gelernt.
Ein Supermarkt, an dem ich vorbeilaufe, ist strahlend weiß gekalkt, daneben liegt einer der schmalen Nachbarschaftsgärten, wie sie hier zwischen den Häusern angelegt sind, im Winterschlaf. Einige der Heiligenfiguren, die zwischen den Grasbüscheln aufgestellt wurden, sind umgekippt, die Supermarktwand hat einen grauen Schleier über alles gelegt, Weiß macht an einem trüben Wintervormittag jedes Stückchen Erde zu einem Drecksstreifen. Es ist zu kalt, um Fotos zu machen, wenn ich meine Handschuhe ausziehe, werden mir die Finger abfrieren.

Ich muss mir eingestehen, ich empfinde noch nicht viel für die Dinge, die mir begegnen, das haben Flüge so an sich, der Körper landet als leere Hülle, während der Geist noch mit den Wolkentürmen über dem Atlantik beschäftigt ist. *White Trash* heißt einer der Vintage-Läden, an denen ich gestern vorbeikam, im Schaufenster warteten zwanzig Jahre alte Schlangenlederstiefel auf einen neuen Besitzer, zum ersten Mal musste ich lächeln. Hilft auf einem anderen Kontinent nicht auch, sich mit den Augen nach dem Sonnenstand des Ankunftsorts auszurichten, irgendwo habe ich es gelesen, wahrscheinlich nutzt es nichts mehr am dritten Tag nach der Ankunft, besonders dann nicht, wenn ein eiskalter Februarhimmel die Sonne verschleiert und es so aussieht, als käme sie niemals wieder hervor. Ich werde es nehmen, wie es kommt. Auf den Kreuzungen weiche ich munter zur falschen Seite aus, viele Fußgänger laufen auf der linken Seite, warum, fragte ich Gregor am Tag zuvor, er wusste keine Antwort. Lange war ich an den letzten beiden Nachmittagen unterwegs, vielleicht habe ich mir auch ein wenig zu viel vorgenommen, ich war immer schon an den falschen Stellen ehrgeizig. Ich kann diese Stadt nicht an einer Reihe von Vor- und Nachmittagen verstehen, es ist kein Wunder, dass ich nach meinen Märschen jedes Mal erschöpft wie nach einer tagelangen Expedition in Gregors Wohnung zurückgekehrt bin. Ich schiebe meine Anspannung auf die Größe der Stadt und die Verwegenheit meines Plans, auch das geht mir durch den Kopf auf meinem Weg durch die Kälte, wie es sich anfühlen wird, wenn ich erst hier wohne, abends den Kühlschrank fülle, das Bett aufdecke und noch ein wenig Fernsehen schaue, bevor ich schlafen gehe. Die Wegmarken, die ich mir jetzt noch merke, werden schon nach wenigen Wochen keine Bedeutung mehr haben, dann werde auch ich mich ganz achtlos entlang den Häuserzeilen bewegen. Ich bin in einem Zwischenstadium, da ist es normal, dass der Übergang in mein neues Leben von einem morgendlichen Kribbeln begleitet wird, diesem inneren Geräusch, das ansteigt beim Duschen, beim Anziehen, sobald ich das Haus verlasse.

II

Noch zwei Stunden zuvor lag ich in Gregors hochbeinigem amerikanischem Bett, die gusseiserne Heizung klopfte auf Hochtouren, im Lichtschacht hinter dem Kopfende gurrten die Tauben. Jetlag ist nichts für schwache Nerven, und obwohl ich mich für hart im Nehmen halte, bin ich auch diese Nacht aufgewacht, bereit für einen Tag, der hier erst ein paar Stunden später beginnt. Irgendwie hielt ich durch bis zum Morgen, ohne Gregor aufzuwecken mit meiner Unruhe, es war ein ständiger Wechsel zwischen Klarheit und erschöpftem Schlaf, der dann, als Gregor aufstand, in einen Traumzustand überging, in dem mein Körper mir nicht gehorchte. Das Bett war mein Schiff, und draußen wuchsen die Häuser gegeneinander, ich wollte den Geruch von Gregors Haaren, seiner Haut nicht verlieren, zog mir die Decke über den Kopf und dümpelte auf meiner ruhigen See. Sosehr ich mich auch anstrengte, ich konnte die Augen nicht öffnen. Nur die Tauben erreichten mich in diesem Zustand, jeden Morgen beginnen sie ihr kehliges Frage-und-Antwort-Spiel im grauen Licht, kratzen mit den Krallen über das Fenstersims, gurren fordernder, bis sie schließlich verstummen. Wenn sie in die Höhe flattern, hinaus aus dem Schacht, über das Dach auf den schmutzigen Gehweg hinab, hallen ihre Flügelschläge noch lange in mir nach, spätestens dann muss ich aufstehen, sonst kann es passieren, dass ich vollends in einen bleiernen Schlaf versinke.

Ich musste tatsächlich wieder eingeschlafen sein, denn plötzlich schreckte ich von einem mahlenden Geräusch hoch. Durch das Fenster über dem Bett sah ich Gregor schemenhaft auf der anderen Seite des Lichtschachts stehen. Gregors Wohnung ist ein *Railroad Apartment*, die Zimmer sind hintereinander aufgereiht wie die Waggons eines Zuges, nur zwischen Schlafzimmer und Wohnzimmer schiebt sich der Schacht ein Stück weit in die Wohnung, mit den völlig verschmutzten Fenstern an den beiden kurzen Seiten, an denen wir uns jetzt gegenüber waren. Hätten die Tauben Interesse an Menschen, könnten sie es sich auf den Simsen bequem machen und uns beobachten, doch auch sie hat das Geräusch aufflattern lassen, Gregors Hände haben sie ersetzt, waren zu zwei grauen Tauben geworden, die an der Innenseite des Rahmens nestelten und das Fenster so lange weiter nach oben schoben, bis es ein zweites Mal knirschte. Durch das schwache Morgenlicht und die trüben Scheiben hindurch sah ich nur seinen Umriss, er stand ganz still, als warte er auf etwas, brachte dann sein Gesicht so nah es ging an die Scheibe, reckte sich ein wenig, um nach unten zu schauen, und warf etwas durch den Fensterspalt hinunter in den Schacht.
Die Wohnungstür fiel ins Schloss, und ich lauschte so

lange der Heizung, bis ich es nicht mehr aushielt und auf Zehenspitzen über die knarrenden Dielen zu dem Schachtfenster ging, an dem Gregor noch vor wenigen Minuten gestanden hatte. Wieder ächzte es beim Hochdrücken, in meinem Eifer stieß ich mit der Stirn an die Scheibe, alter Kitt fiel aus dem Rahmen auf die Fensterbank, muffige Luft schlug mir entgegen, als ich meinen Kopf durch den Spalt schob, sofort legte sich die Kälte in meinen Nacken und kroch in den Ausschnitt meines T-Shirts. Aus den Erdgeschossfenstern zwei Stockwerke unter mir drang schwaches gelbes Licht, es genügte, um zu erkennen, dass der gesamte Schachtboden mit einem braunen, pelzigen Belag überzogen ist. In einer Ecke stand ein alter Kinderwagen, ich ahnte, die Moose und Flechten haben sich auch in den Ritzen seiner Plastikverkleidung angesiedelt. Eine Katze duckte sich neben ihm auf den Boden, ganz Schwanzspitze und zurückgelegte Ohren fauchte sie zu mir hoch, auch wenn ich weit oben war, für einen Moment meinte ich, ihre Eckzähne zu sehen. Das Erdgeschossfenster wurde geöffnet, und ich zog meinen Kopf so schnell zurück, dass ich mit dem Ohr am Rahmen hängen blieb. Stöhnend vor Schmerz schloss ich das Fenster und hielt mit beiden Händen mein glühendes Ohr, mit dem klopfenden Herzen eines ertappten Kindes legte ich mich wieder ins Bett und fragte mich, ob ich Gregor hinterhergeschnüffelt habe mit meinem Blick in den Schacht.

In den vergangenen Tagen habe ich kein einziges Mal darüber nachgedacht, was hinter den Schachtfenstern

liegen könnte, die beiden Fenster waren nur schmutzige Flecken in der Wand für mich, durch die um die Mittagszeit ein ungesundes Licht in die Wohnung fällt. Nie hätte ich gedacht, dass es Leben im Schacht gibt, auch die Tauben haben mich seit meiner Ankunft nicht interessiert, es genügte mir zu wissen, wie Tauben aussehen, und ihre Geräusche am Morgen waren mir schnell vertraut. Plötzlich war alles anders. Kaum kam ich aus dem Bad, schaute ich wieder zum Schachtfenster. Selbst im Zimmer, das zur Straße hinausgeht, hätte man das Ticken einer Uhr hören können. Das Knacken der Heizung, das sich kurz zu einem zwergenhaften Trommelfeuer steigerte und dann abbrach, das Geräusch der im Rahmen verkeilten Fensterscheibe, das noch immer im Raum zu stehen schien, alles verdichtete sich zum Zentrum der Wohnung hin, verwies auf den Schacht. Die Katze, die mich anfauchte, Gregors Hände am Fenster. Mehrmals musste ich mich zurückhalten, das Fenster wieder zu öffnen und hinunterzublicken, schon war seine Anziehung für mich so stark wie das von wohligem Entsetzen begleitete heimliche Öffnen der Kellertür und der rasche Blick auf die dunkle Kellertreppe für mich als Kind.
Ich wusste nichts von einer Katze, Gregor hatte kein Wort darüber verloren in den letzten Tagen und auch vorher nicht, es ist, als hätte ich bisher nur Teilbereiche seines Lebens wahrgenommen, die sich jetzt zu einem neuen Ganzen formen, das ich noch nicht entschlüsseln kann. Wo immer ich an diesem Morgen hinblickte in dieser Wohnung, ich habe die angeleg-

ten Ohren, die weißen Eckzähne der Katze vor Augen. Der Schacht entwickelte seinen Sog, wann immer ich an seiner Längswand vorbeiging, und als ich im Wohnzimmer meine Stiefel anzog, schwebte das Fenster, an dem Gregor stand, so bedrohlich hinter meinem Rücken, dass ich hochfuhr und kurz über meine Schulter schaute.

Ich gestehe mir ein, die Szene am Morgen hat mich aus der Fassung gebracht. Aber ich werde Gregor heute nicht nach der Katze fragen. Ich kenne seine Geheimniskrämerei, immer gibt es Dinge, die er für sich behält. Ich kenne auch seinen Gesichtsausdruck, wenn man ihn nach diesen Dingen fragt, seinen Mund, der sich verhärtet, seinen Blick, der sagt, man verletze ihn, wenn man noch weiterfragte. Die Dringlichkeit in meiner Stimme bringt ein Gespräch sowieso auf die schiefe Bahn. Jetzt, in der eisigen Luft, die mir die Atemwege zuschnürt, wird die Katze kleiner mit jeder Straße, die ich überquere, bis sie mit jeder Ampel zu einem schwarzen Punkt zusammengeschnurrt ist, der weit hinter mir vom Asphalt verschluckt wird. Bevor ich meine Oberschenkel nicht mehr spüre, gehe ich in das nächste warm erleuchtete Café. Es wird spät werden heute Abend, hatte mir Gregor noch zugerufen, bevor er die Wohnungstür hinter sich abschloss. Ein Mann muss tun, was ein Mann tun muss, antwortete ich ihm mit meiner John-Wayne-Stimme und stellte mir vor, dass er lächelte, als er die Treppe hinunterging.

III

Am nächsten Morgen wache ich mit Gregor auf. Gregor duscht heiß und lange jeden Morgen, ich behaupte, er schläft unter der Dusche weiter, aber das hört er nicht gerne. Gregor sieht sich als Mensch mit Maß und Ziel, dazu gehört, sich morgens auf den Tag zu konzentrieren, der vor ihm liegt. Gregor gehört jetzt nur sich selbst. Die Tür zum winzigen Bad steht offen, durch Küche und Wohnzimmer zieht der feine Geruch nach Seife bis zu mir in den Schlafraum. Es wird still, Gregor trocknet sich jetzt ab, seift sich das Gesicht ein und beugt sich zum Rasieren dem Spiegel entgegen. Zu Hause habe ich ihm oft dabei zugesehen, kann mir jede seiner Bewegungen vorstellen, sein Kopf wird den kleinen Spiegel ganz ausfüllen, die dunklen Locken berühren sogar kurz die Spiegellampe, ihr Licht lässt den Lidrand über seinen Wimpern bläulich weiß schimmern. Gregors Haut hat in diesem Licht einen Stich ins Gelbliche, besonders auf Stirn und Schläfen, das mag er nicht, er konzentriert sich darauf, mit dem Rasierer saubere Bahnen durch den Schaum zu ziehen und auf die Nuancen des Kratzens zu hören, auch sie sind ein Indiz für die Perfektion seiner Arbeit.

Plötzlich steht er neben dem Bett. Beim Hereinkommen hat er das Deckenlicht eingeschaltet, ich stelle mich schlafend, er mag es nicht, wenn ich ihm beim Anziehen zuschaue. Die Kleidung für den Tag liegt schon bereit, jeden Abend nimmt er sie aus dem kleinen Wandschrank, der kaum einen Meter von der Längsseite des Betts entfernt ist, Oberhemd, Krawatte und Anzug hängt er an den Schrank, Unterwäsche und Socken legt er auf den Stuhl am Fußende des Bettes. Doch er zieht sich nicht an, stattdessen stemmt er sich mit beiden Händen auf den Bettrand, gleich wird er sich über mich beugen, ich möchte schon meine Hand in seine Richtung schieben, da macht er eine Art Spagat und hält sich an der Matratze fest, seine Spannung überträgt sich auf das Bett. Er hält die Dehnung lange, er kommt ziemlich weit hinunter, durch meine halb geöffneten Augen sehe ich nur seinen Oberkörper. Dann sitzt er auf dem Boden, rhythmisch taucht sein Kopf auf und ab, konzentriert schaut er während der Bauchübung auf den Türrahmen. Zu Hause hatte er sich zwischen Tür und Spiegel einen Punkt angemalt, der ihm half, die Krawatte in perfekter Länge zu binden, das ist hier offensichtlich nicht mehr nötig. So habe ich ihn noch nie erlebt, so körperlich, so nah und doch so ganz für sich. Kaum steht er wieder, dreht er sich um, und jetzt ist fast alles so wie früher: Er nimmt einen Kleiderbügel vom Messingknauf der Schranktür, und das metallene Geräusch geht mir unter die Haut wie eine Berührung. Ich bin Resonanzkörper für das knappe Zurechtrücken seines Slips, das feine Gleiten des Unterhemds über seiner Brustbehaarung, das Rascheln des weißen Oberhemds, das kaum hörbare Zuknöpfen. Alles dringt in mich ein, und doch halte ich mich zurück, ich kann die Turnübungen nicht vergessen, kann ihn sowieso nicht für mich gewinnen, das war morgens, bevor er zur Arbeit ging, noch nie möglich.

Tage zuvor hatte er sich zwei sündhaft teure Krawatten in der Madison Avenue gekauft, am Abend meiner Ankunft führte er sie mir vor, legte passende Hemden und Jacketts zurecht und hielt die Krawatten dagegen. Gemeinsam neue Kombinationen zu finden war früher ein Ritual, ich schaute ihm zu, wie er die Kleidungsstücke auf dem Bett zurechtlegte, genoss sein ernstes Gesicht und die Handbewegungen, mit denen er über die Stoffe strich und sie zurechtzupfte, bis er mit ihrer Anordnung zufrieden war. Wir besprachen jedes Detail, sprachen in betont gleichmütigem Ton von der Wirkung der Farben, von dem Gleiten eines Innenfutters beim An- und Ausziehen, dem Geräusch eines Reißverschlusses. Wir taten oft so lange unbeteiligt dabei, bis wir es nicht mehr aushielten und die Kleider auf dem Bett mit einer rücksichtslosen Bewegung zur Seite schoben.
Doch unsere alte Zweisamkeit hat ihren Weg in sein Schlafzimmer noch nicht gefunden, schon nach wenigen Minuten trat Gregor mit den beiden neuen Krawatten selbst ganz neu auf, ein neuer Mann war er, der meine Kommentare nicht hörte, schmaler und härter als früher beugte er sich über die Stoffe. Als ich still wurde, schaute er mich plötzlich mit schiefem

Mund von unten an. Amüsierst du dich über mich, fragte er. Noch bevor ich antworten konnte, trat er wieder einen Schritt zurück und deutete auf zwei Hemden. Schnell schob ich meine Beurteilung hinterher, aber da war eines der Hemden schon wieder auf die hinteren Ränge verwiesen. Das ging so noch eine ganze Weile an diesem Abend, ich fand nicht den Mut, die Kleiderschau zu verlassen, aber als auch nach einer Stunde noch keine Entscheidungen getroffen waren, musste ich plötzlich lachen, und Gregor brach sein Ritual schmollend ab, eine andere, doch auch bekannte Reaktion.

Ich fahre auf, Gregor ist noch da, ist noch nicht fertig angezogen, aber wie er die Hose überstreift, das ist schon ein anderes Geräusch, da kommt Beschleunigung ins Spiel, in Gedanken ist er bereits beim Frühstück, das er wie immer im Stehen einnehmen wird, und das Binden der Krawatte ist bereits ein offizieller Akt, da ist er schon auf dem Weg zur Arbeit, auf jeden Fall gedanklich schon zum Haus hinaus. Ciao, höre ich ihn dann auch leise sagen und dabei die Schlafzimmertür hinter sich zuziehen, wir sehen uns später. Im Wohnzimmer geht er noch eine Weile auf den dunklen Holzdielen hin und her, schon in Straßenschuhen. Ich höre die Kühlschranktüre, dann das Fenster. Sobald er die Wohnungstür hinter sich geschlossen hat, stehe ich auf.
Auf dem Schachtboden kauert die Katze, mit angelegten Ohren und schräg gehaltenem Katzenschädel zerkaut sie etwas, ich kann nicht erkennen, was es

ist. Kaum habe ich meinen Kopf durch den Spalt geschoben, huscht sie mit ihrer Beute hinter den Kinderwagen. Ich vermute, sie frisst das, was Gregor zu ihr hinuntergeworfen hat, und sobald ich den Kühlschrank öffne, ihn inspiziere mit dem Blick einer Hauswartsfrau und das abgepackte Fleisch im Gemüsefach finde, ist es Gewissheit, Gregor ist tatsächlich ein neuer Mann in dieser Stadt, sein Morgenritual hat eine Erweiterung, von der ich bisher nichts wusste.

Eine Stunde später sitze ich geduscht und angezogen an seinem Schreibtisch im Straßenzimmer, neben mir eine Tasse Tee, und schaue durch die schmutzigen Scheiben hinaus in den grauen Februarvormittag. Dieses Viertel hat nichts mit dem zu tun, was ich als Touristin fünf Jahre zuvor von dieser Stadt kennenlernte, weiter östlich, vom Fluss nur durch die große Schnellstraße getrennt, stehen die Sozialbauten, dort ist die Werbung an den Häuserwänden nicht nur englisch, sondern spanisch. Vor vielen Jahren hielten hier die Künstler und Studenten Einzug und verdrängten die Latinos aus den billigen Wohnungen, mittlerweile wurden sie selbst verdrängt, auch Gregor gehört zu denen, die zahlungskräftiger sind als die früheren Bewohner, er ist auch kein Künstler, sondern Mathematiker, das ist aber ähnlich, finde ich. Die Straße, in der er wohnt, ist oft menschenleer, auch das hat nichts mit der Stadt zu tun, an die ich mich erinnere. Vor dem Fenster ragt eine rostige Feuerleiter nach unten, die Straße liegt verlassen im Februarmorgen, nur der kleine Eckladen signalisiert mit seinem hellgrünen Leuchtschriftzug im Fenster ein wenig Leben. *Maria's Deli*, ich weiß nicht, warum ich jeden Morgen erneut gerührt bin von diesem Schriftzug. Hoffentlich gibt es sie überhaupt, hoffentlich kommt sie auf ihre Kosten, jedes Mal, wenn ich auf den Laden blicke, denke ich es. Seit ich hier bin, habe ich tagsüber nie jemanden das Deli betreten sehen. Es ist rund um die Uhr geöffnet, hier ist für solche Geschäfte pro Woche nur eine Stunde Ruhezeit vorgeschrieben, erzählte mir Gregor. Die Speisen des Tages – Tacos, Enchiladas, Huevos Rancheros, $2,95 each –, die das weiße Pappschild in der Eingangstür ankündigt, erinnern mich an unsere Fahrt durch den Südwesten fünf Jahre zuvor, als uns die Weite der Landschaft sprachlos werden ließ. Wir staunten über die Stille, wenn wir am Straßenrand eines Highways anhielten und nichts hörten als das Knacken des erhitzten Motors und das Knirschen unserer Schuhe auf dem roten Sand, wir wagten nur ein Flüstern, während wir mit den Augen die hohen Ebenen der Mesas in der Ferne absuchten.

Unsere Geschichte ist eine Geschichte von Sehnsucht und Aufbruch, eine Geschichte, die ihren Ursprung in den grellen Lichtern des Times Square und in einer irischen Kneipe hat, die eine Frau und ein Mann am letzten Abend ihrer USA-Reise besuchen. Es ist eine Geschichte, die mit der Weite einer Landschaft zu tun hat und mit dem überdimensionalen Sonnenuntergang hinter einer Bergkette oder vielleicht auch mit dem vertraulichen Gespräch in der ruhigen Ecke einer Bar in New Mexico. Woran werde ich später einmal denken, wenn ich den Anfang meines Lebens in Amerika beschreiben soll? Ich darf nichts vergessen. Die Geschichte eines Neuanfangs soll es werden, ein Neuanfang, zu dem auch die zuckende Schwanzspitze der Katze gehört, die seit gestern wie eines der Ausrufezeichen auf den spanischen Werbeplakaten am Anfang und Ende jedes meiner Gedanken steht. Entschlossen und etwas zu schnell stehe ich vom Schreibtisch auf, mir wird schwindelig, schnell verschwinden die Highways New Mexicos auf Nimmerwiedersehen in der Ferne, ich bin mit Gregor verabredet, es wird Zeit, mich warm einzupacken und aus dem Haus zu gehen.

IV

Gregor erklärt mir die Stadt. Er erklärt mir die Stadt, und um den nächsten Teil der Stadt zu verstehen, werden wir uns in seiner Mittagspause treffen. Gregor arbeitet im Financial District, er hat die Stelle bekommen, weil er die Greencard in der Lotterie gewonnen hat und sich gut mit Systemarchitekturen auskennt. Seit er als Teenie Michael Douglas in *Wall Street* gesehen hat, wollte er dort arbeiten, wo die wichtigen Dinge geschehen. Gleich kommt die Szene mit dem Mobiltelefon am Strand, erklärte er mir, als wir den Film zusammen anschauten, da war der schon fast zwanzig Jahre alt, wir aber noch am Anfang, da zeigt man sich, was einen bewegt. Das war das erste Mal, dass ein Mobiltelefon in einem Film auftaucht, da hat hier in Deutschland noch niemand gewusst, wie so was aussieht, sagte Gregor.

Diesmal bereite ich mich genau darauf vor, welche Straßen ich entlanggehen werde. Geh nicht nach links in Richtung Fluss, wenn du das Haus verlässt, besser wird es dort nicht, sagte mir Gregor gleich am ersten Abend. Dort habe ich also nichts verloren, und so gehe ich immer nur nach rechts, sobald die Haustür hinter mir zufällt, nach rechts Richtung Avenue A.

Ohne unterwegs auf den Plan zu schauen, finde ich meinen Weg, heute gehöre ich dazu, mit sicherem Schritt gehe ich an den Läden und Fassaden vorbei, die ich gestern zum ersten Mal gesehen habe, morgen schon wird mir alles vertraut sein. Hier, nah am östlichen Abschnitt der Houston Street haben die Häuser angegraute Backsteinfassaden, sind nicht mehr als vier, fünf Stockwerke hoch. Vor fünf Jahren ließen wir uns von einem Taxi zu jenem berühmten Restaurant fahren, an dem kein Tourist vorbeikommt, suchten dort wie alle anderen den Tisch, an dem Meg Ryan für Billy Crystal gestöhnt hatte, gingen auf eine Zeitreise in dem hallenartigen Raum mit seinen wimpel- und plakettengeschmückten Wänden, *Send a Salami to Your Boy in the Army*. In unseren Milkshakes blieb der Plastikhalm stehen, zum Schluss vermied ich, das Wort Salami zu lesen, so übel war mir vom Liverwurst-Sandwich. Damals kamen wir in der Dunkelheit an, aufgeregt sah ich schon von weitem den Schriftzug, die hellen Fenster. Jetzt, am späten Vormittag, lehnt *Katz* müde an der gegenüberliegenden Straßenecke. Nach dieser Ecke werde ich wieder neues Terrain betreten, das alte hinter mir lassen, dazu gehört auch unser Aufenthalt vor fünf Jahren, die Milkshakes, unsere sonnengebräunten Hände auf dem Resopaltisch. Plötzlich ist es, als liefe ich auf einem Drahtseil, ein Gefühl der Unsicherheit überkommt mich, das nichts mit dem Verlieren der Richtung zu tun hat. Die Luft ist für einen kurzen Moment sehr dünn, rechts und links geht es tief bergab, mein Gang wird zu einer inneren Gratwanderung, als wäre eine

Plötzlichkeit der Verhältnisse eingetreten, die vorher nicht vorstellbar war und mich in eine Art Schockmoment versetzt. Aus dem Vormittag ist alle Farbe gewichen. Die Menschen, die hier entlanglaufen, ich kann sie nicht zuordnen zu einem Leben, kann mir keinerlei Vorstellung davon machen, wie es im Inneren ihrer Wohnungen aussieht, welchen Beruf sie haben. Nur kurz hält dieses Gefühl an, dann lässt mich das Hupen eines Dieseltrucks zusammenfahren, drei gelbe Taxis preschen mit wippendem Heck an ihm vorbei, der Truck schickt eine Abgaswolke in meine Richtung. Weit und breit ist nichts von dem stahlblauen Winterhimmel über den Avenues zu sehen, von dem ich geträumt habe. Ich habe diese Stadt an einer Stelle erwischt, an der sie sich selbst nicht gleicht.

Gregor hält mir die Tür zur Trattoria auf, und mir bleibt keine Zeit, über den Sinn der altmodischen Glocke nachzudenken, die über der Eingangstür anschlägt, so laut sind die Stimmen, so schnell hat mich der feuchte Essensdunst eingehüllt. Dunkle Wintermäntel, rosige Wangen und kauende Münder. Alle versuchen, einander zu übertönen, so kurz ist die Mittagspause, so dick die Luft, Arme winken einen Nachzügler an die Ecke eines Tisches, kaum ist eine Gruppe aufgestanden, wird ihr Platz wieder besetzt. Die anderen sind schon da, sagt Gregor dicht an meinem Ohr, er meint die Angestellten, die wie er aus den Firmen ringsum zur Mittagspause gekommen sind und jetzt auf groben Holzbänken vor langen Holztischen sitzen, zu zweit, in Gruppen. Er zwinkert mir zu. Von hinten schiebt es, eine Stimme entschuldigt sich, als zwei Männer in dunklen Wintermänteln zur Tür hinausdrängeln und ich einen Schritt zur Seite treten muss. Es ist der Schritt auf die richtige Seite, denn nun stehe ich dort, wo ich hingehöre: in einer Schlange vor einer Vitrine, in der Salate in großen Schüsseln bereitstehen, Platten mit rosigem Fleisch, manches leuchtet unter den Wärmelampen wie von Lava überströmt. Ist eine Schüssel halbleer, wird sie neu gefüllt. *Shrimp Parmigiana, Chicken Romano, Cornmeal-Crusted Tilapia* lese ich auf den Kärtchenhaltern, ich versuche gerade, die Namen der Gerichte zu übersetzen, als einer der Köche hinter der Theke so schnell etwas zu mir sagt, dass ich ihn nicht verstehe in all dem Lärm. Hilflos schaue ich ihn an, für einen Moment denke ich sogar, vielleicht hat er mir etwas Persönliches gesagt, bis Gregor mich fragt, was möchtest du. Ich weiß es nicht, die Röte schießt mir ins Gesicht, hastig deute ich auf eine Schüssel, in der es grün und hell glänzt. Gregor bestellt, und während mir der Schweiß ausbricht, nimmt er schon die vollgeladenen Teller, schiebt mich weiter und bezahlt an der Kasse am Ende der Vitrine.

Wie die Heuschrecken fallen wir hier fast jeden Mittag ein, wie die Heuschrecken, sagt er mir wieder ins Ohr, als wir auf zwei freie Plätze warten, und wenn du eine Stunde später wiederkommst, ist keiner mehr da, und alles ist leer gefressen. *Wir*, sagt er und lächelt mich an. Er sieht sehr glücklich aus, ein neuer, glücklicher Gregor. Die Trattoria sei *kultig*, sagte er mir auf

dem Weg, ein Wort, das ich nicht mag, doch das habe ich für mich behalten. Ich kenne das von mir, diese Auflehnung gegen die Meinung anderer von Zeit zu Zeit. Du verträgst es nicht, wenn jemand anderer Ansicht ist als du, würde Gregor sagen.
Wir lassen die Tische nicht aus den Augen, und ich beginne, den Ablauf in der Trattoria zu verstehen, den Ablauf einer Mittagspause, wie sie hier ist. Auf wunderbare Weise klappt alles wie am Schnürchen, wer sein Gericht bezahlt hat, findet beinahe sofort einen Platz an einem der Tische. Niemand bleibt für einen Kaffee oder um ein Gespräch in Ruhe zu beenden. Man isst und geht. Wieder fällt mir die Lautstärke auf, in der sich die Menschen unterhalten, die gut gelaunte amerikanische Lautstärke, ich frage mich, womit sie zusammenhängt, vielleicht mit einem anerzogenen Durchsetzungswillen, vielleicht mit einer Jugend auf Sportplätzen. Auch für uns wird eine Ecke frei, kaum sind wir in die Bank gerutscht, nickt mir Gregor aufmunternd zu und beginnt zu essen, ohne den Mantel auszuziehen. Ich frage ihn, wie sein Nachmittag werden wird, für alles andere ist eine Mittagspause die falsche Zeit, gut, sagt Gregor mit Schwung in der Stimme, während er eine schmale Spur Olivenöl über seinen Salat tröpfelt, mein Nachmittag wird gut werden, ich habe viel zu tun, es ist ein interessantes Projekt, lass es dir schmecken.

Wir haben noch nicht darüber gesprochen, wie alles werden wird. Gregor arbeitet täglich bis spät in den Abend, will sich bewähren, da macht es auch keinen

Unterschied, dass ich auf ihn warte, das musst du verstehen, auch das sagte er mir an meinem Ankunftstag. Alles hängt mit den Worten zusammen, die jetzt gesagt werden und die früher gesagt wurden. Manchmal, wenn ich abends neben ihm im Bett liege, fürchte ich, das Alte mit hierher gebracht zu haben, spüre, wie es sich zu Gregors Altem fügen könnte, spüre nach, ob sich von ferne die Redundanzen in unseren Gesprächen ankündigen, das Empfinden von Erschöpftheit, das uns im letzten Jahr zu Hause manchmal aufbrausen ließ. Und doch gibt es Momente, in denen eine schwerelose Stille zwischen uns herrscht, ein Atemanhalten, damit der Augenblick nicht vorübergeht so, wie am Abend zuvor, als ich einen Film schaute und Gregor wortlos zur Wohnungstür hereinkam, seine Schuhe auszog und sich, noch im Mantel, noch wortlos, auf das Sofa legte, seinen Kopf in meinen Schoß bettete und ich seine dicken Locken um meinen Finger wickelte, seine dunklen Locken, die noch ganz kalt waren von der Winterluft. Ich wärmte seine Haare mit meinen Händen, doch als ich unter seinen Mantel fuhr und seine Schulter berührte, die sich plötzlich zerbrechlich anfühlte wie die Schulter eines großen Kindes, war der Moment vorüber, und Gregor stand auf, während vor mir, vor meinen Augen, die ich die ganze Zeit nicht vom Film abwandte, Doris Day und Cary Grant in *That Touch of Mink* lächelnd über das funkelnde nächtliche Manhattan schauten.
Die Türglocke hört nicht auf anzuschlagen, die Kasse wirft ratternd einen Bon nach dem anderen aus. Das

Stimmengewirr, das Düstere, das mich plötzlich überfallen hat, meine Ungeschicklichkeit beim Bestellen betäuben mich, lustlos stochere ich in meinem Essen herum, *Shrimp and Broccoli Ravioli*, wie ich jetzt erkenne. Als ich merke, Gregor beobachtet mich, versuche ich ein Lächeln, ich möchte diese Mittagspause nicht verderben.
Was geht in dir vor, fragt er. Nichts, sage ich.

Erleichtert stehe ich wieder auf der Straße. Gregor schlägt vor, noch einen Kaffee zu trinken, obwohl er nicht mehr viel Zeit hat, doch im Gegensatz zu mir ist er in der Lage, die Zeit so zu dehnen, dass sie langsamer vergeht. Er kommt regelmäßig mit solch einem warmherzigen Lächeln zu spät, dass diejenigen, die auf ihn warten, sich fragen, ob sie sich selbst in der Zeit vertan, vielleicht die Uhr falsch gelesen haben, und sich ihrer Ungeduld schämen. Trotzdem frage ich ihn, ob er keinen Ärger bekommt, denn seine Mittagspause ist beinahe vorüber. Er denkt kurz nach, er ist in allem ein sorgfältiger Mensch. Nein, sagt er. Ich beginne wieder zu frieren, als wir in eine Straße einbiegen, die ganz leer ist. Nur die Sonne kommt mit einem Mal weiß hervor und zeigt, was sie kann: Mit einem Ruck stellt sie die geparkten Autos unter dem Viadukt ins Dunkle, gegenüber werfen die Feuerleitern Schlagschatten auf die roten Backsteinfassaden. Wir bleiben vor einem kleinen Café stehen, dessen Vorderseite bis zum ersten Stock mit dunkelgrün lackiertem Holz getäfelt ist. Gregor hält mir wieder die Tür auf, lächelnd wie ein Zirkusdirektor führt er mich

durch seine Welt. Innen riecht es nach verbranntem Kaffee, trocken und warm. Wir sind die einzigen Gäste, ganz still ist es. Die quadratischen Tische sind mit rot-weißen Papiertüchern bedeckt, vor den Fenstern hängen Spitzengardinen auf halber Höhe an schmalen Messingstäben, das Sonnenlicht zeichnet ihre Muster als kleine Strudel auf die Fensterbänke. Ich ziehe meinen Mantel aus, auch Gregor macht es sich für einen Moment bequem, ich erzähle ihm, wie erschrocken ich war, als die Heizung in seiner Wohnung plötzlich wie eine Dampfmaschine klopfte und ich mir beinahe die Hand daran verbrannte, so heiß war das Wasser in den gusseisernen Rippen. Die Heizung zu Hause, sage ich und weiß nicht, ob ich damit zu weit gehe. Der Kaffee wird gebracht, ich plaudere drauflos, möchte die Scharte auswetzen, meine Sprachlosigkeit, meine Eingeschüchtertheit beim Essen eben, möchte ihm von mir erzählen, von dem Tag, der noch vor mir liegt, doch er ist mit den Gedanken schon bei seiner Arbeit. Er muss jetzt auch wirklich gehen. Auf der Straße küsst er meine Wange und den Rand meiner Wollmütze, im Weggehen dreht er sich noch einmal um und winkt mir zu.
Es macht keinen Sinn, ihn aufhalten zu wollen. Es macht keinen Sinn, die Zeit durch Worte zu dehnen. Während ich sprach, rieselte ihm der Zucker vom Löffel. Ich habe zugesehen, wie er ihn mit einer Gabel zusammengeschoben und auf einem der weißen Kästchen der Papiertischdecke versteckt hat, während ich von der Heizung erzählte.

Der Wind ist zurückgekehrt, er weht vom East River herüber und bringt einen dunklen Geruch nach Wasser mit sich. Es ist kurz nach zwei Uhr, der Nachmittag fängt erst an, und ich habe nur bis zum Mittag gedacht, nur bis zum Lunch mit Gregor. Ich schimpfe mich aus, beschließe, einen Plan zu machen für jeden Tag, ich muss meine dunklen Gedanken in den Griff bekommen, will ja die Stadt erobern, deshalb bin ich hier. Ich laufe in Richtung Pier 17, hier waren noch bis vor wenigen Jahren frühmorgens die Markthallen offen, *Smitty's Fillet House* lese ich auf einem vergilbten Schild an einer schmutzigen Backsteinfassade und *Joseph C. LaRocca & Sons*, Namen wie aus Filmen. Die breiten Alurollläden vor den Hallentoren sind heruntergelassen. An der nächsten Straßenecke sehe ich auch wieder die anderen, meine anderen, die Touristen, die entlang den historisch hergerichteten Backsteinfronten über das Kopfsteinpflaster bummeln. In unseren Daunenjacken geben wir alle die gleiche Figur ab. Niemand geht hier einfach so spazieren im Winter, ich friere wieder, meine Hände sind klamm vom Kaffee. Mit hochgezogenen Schultern gehe ich über die Holzplanken des Piers ein paar Stufen hinauf und tauche ein in die Wärme der South Seaport Shopping Mall. Leise rieselt Musik durch die offene Halle vor mir, die ganz in Blau-Weiß, in Holz und Stahl gehalten ist. Breite Gangways führen auf jedem der drei Stockwerke an den Schaufenstern entlang. Hier ist alles miteinander vermengt, die Shopping Mall ist Ozeanriese, Aquarium, Insel zugleich. Ich bewege mich auf bekanntem Terrain, ich kenne diese

Shopping Malls aus anderen Städten, von Flughäfen, von zu Hause, ich bin in einem geschützten Raum für Touristen, die Regeln sind überall gleich auf der Welt. *Fame*, der alte David-Bowie-Song, vermischt sich mit dem Geruch nach Frittenfett, fließt über die offenen Ebenen durch die Stockwerke, vorbei an einem unpassenden Stand mit Murano-Glas, vorbei an einer T-Shirt-Boutique, in der das Kürzel der Stadt hundertfach auf Kapuzenpullis und Tassen aufgedruckt ist, mit denen man sich und den anderen zu Hause beweisen kann, ich war da. Eine Trophäe aus einer unerklärlichen Stadt, als könne man sie sich nur aus der Distanz wirklich aneignen, dann, wenn man sie als Zeichen betrachtet, sich über den Leib zieht, vielleicht der einzig folgerichtige Umgang mit einer absoluten Metapher. Auch mir gelingt ja nur der Blick von außen, wie die Touristen nehme auch ich nicht teil, erfasse keine Begebenheit als Ganzes. Unsere Bewegungen sind statisch, fixiert auf das Augenfällige ist auch unser Blick, wir spüren den Puls nicht, wir sehen nur den Verkehr.
Vielleicht setzt meine Zukunft mit jedem Schritt schon ein, wenn ich es nur will, man muss an das Gute glauben, heißt es ja immer, und tatsächlich scheint es rasch wieder in Gang zu kommen, das Gute. Nachdem ich am Tresen einer Cafeteria meine heiße Schokolade bezahlt und mich an einen der leeren Tische vor dem Panoramafenster gesetzt habe, sehe ich es vor mir, es ist der East River, auf dem der Wind glitzernde Wellen vor sich hertreibt, direkt vor mir zieht die Brooklyn Bridge wie ein Vogelflug zur

anderen Seite, sie ist zum Greifen nah, diese Brücke der Träume, schnell blendet mich das Sonnenlicht so sehr, dass meine Augen tränen und ich für einen Moment nichts mehr erkennen kann.

Vielleicht ist es bald meine Stadt. Lautlos bewege ich die Lippen, irgendwann einmal, wenn dies hier meine Heimat ist und ich gefragt werde, wie man in dieser Stadt über die Runden kommt, werde ich sagen: Ich möchte nirgendwo anders leben.
Der Begriff ›Heimat‹ lässt mich nicht los, der herbstliche Regen im Spessart und das diesige Licht zwischen den tropfenden Bäumen, der fein näselnde Dialekt meiner Heimatstadt, in dem ich mich zu Hause fühle und den Gregor nicht mag, alles ist plötzlich lebendiger als diese Shopping Mall. Nur kurz frage ich mich, ob es nicht Heimweh ist, das sich meldet, ob ich jemals in der fremden Sprache die feinen Intonationen, die Verknappungen anwenden kann, die doch im Gleichklang mit einer bestimmten Haltung, einem Gesichtsausdruck, so viel Bedeutung haben. Schnell ziehe ich meiner Verzagtheit mein neues Mantra über wie ein Mützchen. Immer nur an das Gute denken, sagt es, hier interessiert sich niemand für eine deutsche Mittelgebirgslandschaft. Auch Gregor konnte noch nie etwas mit meinen alten Geschichten anfangen, nicht einmal ich kann es hier. Alles, was hinter mir liegt, gehört zur alten Welt, hier gilt es, nur nach vorne zu schauen. Ich fühle mich mehr als Europäerin denn als Deutsche, ein Phänomen, das ich schon von anderen berichtet bekam, es

scheint sich dann zu zeigen, wenn die inneren Größenverhältnisse den äußeren angepasst werden müssen.
Kann man seine Heimat auch in einem Menschen finden? Draußen steigt ein Schwarm Möwen auf, gerade noch kann ich in der Brechung der Panoramafensterecke die Hand erkennen, die eine Tüte French Fries über der Brüstung der Plattform ausgeleert hat. Es ist zu viel, wird mir klar, während die Möwen steigen und fallen, es ist zu viel verlangt, die Heimat in einem anderen Menschen finden zu wollen, wenn es so wäre, dürfte sich dieser Mensch nicht von der Stelle bewegen, damit ich immer wieder zurückkehren kann zu ihm. Die braune Oberfläche des East River hört nicht auf zu glitzern.

V

In den Tagen vor meiner Abreise habe ich nur an den Kuss gedacht, den ersten Kuss nach Monaten der Trennung, den wir uns auch heute nicht gaben, und an alles, was danach folgen würde. Ich habe alle Erinnerungen hierher mitgenommen, die Intimität aus alten Tagen, sie könnte auch in Gregors Wohnung einziehen.

Auch jetzt, in der Cafeteria am Pier 17 mit Blick über den Fluss, ist mir unser erstes gemeinsames Jahr ganz nahe, Gregors alte Wohnung in Berlin, die langen Winternachmittage, die dort auf den unbeschwerten Sommer folgten, in dem wir uns die Stadt versprachen, in der ich jetzt bin.

Bis der Tag verging, dauerten diese Nachmittage, bis der Schneefall aufhörte, bis die Nacht einsetzte und die Scheinwerfer der vorbeifahrenden Autos weiße Rauten über die Zimmerdecke schickten, ein Bild, das Liebende kennen. Die Zeit blieb stehen in jenem Winter, der schon fünf Jahre vergangen ist. Immer wieder begann die Lust von neuem oder setzte sich fort, ein Blick genügte. Unsere Berührungen, unsere hastigen Bitten, die Schaufensterbeleuchtungen, die das Zimmer in ein vorweihnachtliches Licht tauchn, die Dunkelheit der Nacht, in die nur hin und wieder das Geräusch eines vorüberfahrenden Autos drang, alles verschmolz in völliger Gleichrangigkeit. Es gibt Dinge, die man nie vergisst, die den Maßstab legen für alles, was folgt. Das Verlangen ließ nicht nach in diesen Tagen, es änderte nur seinen Zustand, wenn es nicht in uns war, umgab es uns. Ein Flaschengeist. Unsere hellen Winternächte, ich kehre immer wieder in sie zurück.

Wir wussten, was geschah, damals, wir hoben es nach Belieben auf und setzten es fort, tauschten die Geschlechter, waren Spiegel füreinander. Unsere Tage und Nächte waren bestimmt von einer Abfolge von Impulsen, wie kräftige Tiere folgten wir ihnen. Das eine begann, während das andere nicht aufhörte, auch dann nicht, wenn wir schließlich ermattet zurücksanken und schläfrig die Konturen des anderen Körpers nachzeichneten. Wenn wir uns nur noch an den Füßen berührten oder den Händen und jeder für sich dem Pochen in seinem Körper nachspürte, wenn der Hunger aufeinander überging in den Hunger nach Nahrung, nach Nachschub, und wir uns von Tellern voller glänzender Pasta vorschwärmten, von Kuchenstücken so sauer und süß wie ein Garten, dazwischen ein buttriger Schmelz, wenn wir uns flüsternd das zartrosa Fleisch saftiger Steaks beschrieben, war es wie alles andere auch die beständige Fortsetzung eines einzigen, nie versiegenden Hungers.

Meistens war ich diejenige, die es nicht mehr aushielt und zum Kühlschrank lief. Wie kalt der Fußboden in

Gregors alter Küche war, wie wenig ihm meine nackten Füße entkommen konnten, kein Auf-der-Stelle-Treten half, und doch erschien mir dieser Steinboden unter meinen Fußsohlen kostbar, jedes kleine, von der Straße hereingetragene Kieselchen nahm ich wahr, als ahnte ich, es konnte nicht immer so bleiben. Immer riss ich die Kühlschranktür ein wenig zu schwungvoll auf, mit einem Lächeln im Gesicht, das ich nicht abstellen konnte, als würde ich niemals mehr Herrin meiner selbst sein. Auch Essen war eine Form des Glücks, die Ketchup-Flasche in der Tür, die wackelte und beinahe kippte, die Vorfreude darauf, gleich wieder zu ihm ins warme Bett zurückzukehren, alles ist, als wäre es gestern erst geschehen.

Einmal war ich so unterzuckert, meine Knie zitterten so sehr, dass ich mich mit verschränkten Armen am Rand des Kühlschranks abstützen musste. Ich fand mich aufreizend bis hinunter zu meinen verfrorenen Füßen, sexy, sagte ich in den Kühlschrank hinein, und dieses helle Wort, das sich selbst darstellt, das selbst schon eine Art Nahrung ist, verstärkte mein Lächeln nur noch mehr. Als kleine Sonne stand das Lämpchen über den Eiswänden im Kühlschrankinneren, leuchtete darüber hinaus in die Nachbartäler, warf sein weiches Licht über meine Schenkel und meine Brüste, die rasch auskühlten. Gierig nahm ich wahr, was sich vor mir im Kühlschrank befand, Wein, Käse und Schokolade, etwas anderes war nicht zu gebrauchen. Schnell zurück zum Bett damit, wo die zwei Gläser Wein unberührt blieben, weil ich das Gegenteil verlangte für meine unterkühlten Brüste und aus Geplänkel sofort wieder Ernst wurde, werden musste, nur so funktioniert die Liebe, weil Gregor damals immer mitmachte, zupackte mit warmen Händen und sein Körper so erhitzt war, dass ich wusste, was gleich geschehen würde, ich nämlich sehr kraftvoll meine Beine strecken und sehr langsam wieder spreizen würde.

Unser Begrüßungskuss ist seit Tagen nicht korrigiert worden, nicht einmal verrutscht war er, ein Streifen der Lippen, nicht mehr, vor Gregors Haus stieg ich aus dem Taxi, Gregor hielt die Tür auf, beugte sich zu mir herunter, und mein Kuss landete auf seiner Wange, obwohl ich von seinem Mund träumte. Während des ganzen Fluges hatte ich von diesem Kuss geträumt, immer wieder erfand ich ihn, biss mich geradezu fest an ihm, ohne ihn jedoch zu Ende zu denken, niemals kam ich bis zu dem Punkt, an dem sich unsere Lippen wieder trennten und wir uns in die Augen schauten. Ich merkte mir diesen Moment vor und das, was danach folgen müsste; es gehörte separat entwickelt, während der ganzen Atlantiküberquerung schob ich dieses Kapitel vor mir her. Ich suchte die bequemste Lage in meinem Sitz, klappte das Tischchen vor mir herunter und wieder hoch, versuchte, zu schlafen, und konzentrierte mich bei allem nur auf den Kuss: Gregors Gesicht nah vor meinem, noch durch die Seitenscheibe des Taxis getrennt, das Öffnen der Tür (er nimmt meine Hand, als ich aussteige), sein Mund ganz nah, seine Haut, unsere Lippen, die sich nähern, mit diesem Bild kam ich tatsächlich bereits über Birmingham dem am nächsten, was Stunden später geschehen sollte.

Das Einbiegen des Taxis in seine Straße, die Hausfassade, die ich von einem Foto bereits kenne (jetzt von der Sonne erhellt), Gregor, der von seinem Fenster aus die Straße beobachtet, der die Treppe hinunterspringt, Gregor, der mich schon in die Arme nehmen will, als ich noch dabei bin, dem Taxifahrer das Geld zu geben. Seine Körperwärme, die Wohnungswärme, die er mit sich bringt (er hat sich keinen Mantel übergezogen), sein Atem, der Geruch seiner Haut.

Eine dritte Version: Gregor, der mich hineinzieht in seine Wohnung, der Kuss selbst, zwei Lippenpaare, die sich in perfekter Weichheit (und doch fordernd, unersättlich!) aufeinanderpressen, alles, was so lange aufgespart wurde, liegt in diesem Kuss, und doch ist er nur der Auftakt für das, was folgt.

Meine Schokolade ist ausgetrunken, hat mir die Zunge versüßt mit Stärke und Zucker. Es könnte wärmer sein in der Cafeteria, ich ziehe mir meinen Schal fester um die Schultern. Ein blau-weißes Polizeiboot fährt mit perfekter Bugwelle den Fluss hinab, den weißen Schriftzug kenne ich aus dem Fernsehen. Meine Vorstellungskraft spielt mir mehr und mehr einen Streich, je öfter ich den Kuss wiederhole, desto schneller komme ich ins Stocken, die Nähe folgt nicht einfach dem Willen, wenn sie in weiter Ferne und nicht spürbar ist. Und wenn ich es überhaupt so weit schaffe, kann ich mir nicht vorstellen, was auf den Kuss folgt, sobald sich unsere Lippen voneinander lösen, schiebt sich etwas Undurchdringliches vor das

Bild unserer Körper. Ich gebe es auf, blinzele ins Sonnenlicht und gehe in unser erstes Jahr zurück, an den einzigen Ort in mir, an dem ich alle Bilder zu Ende betrachten kann.

Ich stehe nackt im Halbdunkel in Gregors altem Schlafzimmer am Fenster, ein tief angesetztes, würdevolles Altbaufenster, dessen Leinenvorhänge ich zur Seite geschoben habe, um die Nacht über der Stadt zu betrachten, seit Stunden schon hat sich die Zeit zurückgezogen, der Raum und das zerwühlte Bett hinter uns lagen im Dunklen, es war ein Moment des Innehaltens, auch das gehörte dazu, das Abkühlen der Haut. Gregor kam zum Fenster, er brachte eine Flasche Cuervo Black und zwei Gläser mit und schenkte ein. Auf der Straße wartete ein Auto vor der Ampel, zitternd stieg der Dampf aus dem Auspuff, verschwand gegen den glänzenden Asphalt, wir nippten, der Tequila brannte auf den Zungenrändern. Die Straßenbeleuchtung warf Schlieren auf Gregors Oberkörper, direkt unter den wässrigen Schatten lag die warme Haut, ich ging der Linie des Brustmuskels nach, umkreiste mit meiner Fingerkuppe die Brustwarze, erregte meine Zungenspitze an ihr, bis Gregor schließlich den Kopf in den Nacken legte und ein unbeschreiblicher Kitzel wie eine lachende Schlittenfahrt von meiner Zunge an meinem Nabel vorbei tiefer zog.
Ich wollte gerade meine Hände nach unten gleiten lassen, da hielt er sie fest und schaute mich so lange an, bis ich mich drehte und auf der Fensterbank ab-

stützte. Bleib so, bat er mich leise, hielt mein Becken, hielt mich an der Fensterbank, ich spürte seine dunkle Kraft hinter mir, die Stärke seines Geschlechts. Die Straße war menschenleer, die Fenster in den Häuserreihen gegenüber schwarz, doch als ich meinen Kopf senkte, nahm ich in einem der Fenster eine Bewegung wahr, kaum merklich und schon nicht mehr vorhanden, ein Mensch, der sich rasch zurückgezogen hatte.

Auch ich wich jetzt zurück, wollte mich Gregor entziehen, zu ungeschützt fühlte ich mich plötzlich, zu nah waren die Häuser, die Fenster auf der anderen Straßenseite. Ich wusste nicht, ob er den Menschen auch gesehen hatte, vielleicht schon vor mir, mit einem Mal erschien er mir fremd in seinem Verlangen. Eine Schwäche überkam mich, klein war ich, gebückt und nackt, ein helles Wesen, das sich duckt kurz vor der Flucht, doch Gregors warme Hände hielten mich fest, seine Stimme berührte meine Schultern, er legte mir eine Hand zwischen die Schulterblätter, strich mir den Rücken hinunter, wie man ein zitterndes Tier beruhigt, bleib, flüsterte er wieder, und sein erregtes Glied war zwischen meinen Beinen, warm glitt es an meiner Scham entlang, die offensichtlich lange vor mir bereit war, ihn aufzunehmen. Schon wendete sich meine Wehrhaftigkeit, drehte sich auf der Stelle, kehrte ihre warme Seite vollends nach außen, und ich blieb. Ich sah die Straße unter mir und meine Nacktheit, Gregors Hände strichen über meinen Po, ich verführte mich selbst mit meinen Gedanken an seine dunklen Locken, an sein schönes Gesicht. Ein Auto fuhr vorbei, die Frontscheibe spiegelte die Straßenbeleuchtung, die langsame Bewegung zwischen meinen Beinen ließ mich den Atem anhalten. Das Wort willfährig kam mir in den Sinn, ich ließ es in mich eindringen, wohl wissend um seine Wirkung, die mit Verzögerung eintreten würde. In klarer Einzigartigkeit nahm ich alles wahr: das dunkle Zimmer, mein geschwollenes Geschlecht, die fremde Erregung, die von gegenüber auf mich gerichtet war und noch nicht wagte, sich zu zeigen. Die kalte Scheibe fühlte sich glühend heiß an, als ich meinen Scheitel gegen sie presste, da hob ich meinen Kopf und zeigte ihm mein Gesicht.

Neben mir leuchtete der Cuervo im schwachen Licht wie Bernstein, mit der Straßenbahn, die unten ankam, vibrierte seine Oberfläche vom Flaschenrand zum Zentrum hin, ich verbündete mich mit ihm, er war lebendig, eine lebendige Fortsetzung unserer Lust in der Welt außerhalb unserer Körper, ich konnte meine Augen nicht abwenden, ließ mich hineinziehen in sein Goldgelb, in diesen tiefen See. Gregor wartete nicht mehr, mit kaum merklichen Bewegungen machten wir uns auf die Suche nach einander, nichts ist ja süßer als die Auflösung aller Grenzen, nur noch das gab es jetzt, das Sehnen und Fühlen tief an dem dunklen Ort, an dem sich unsere Nervenzellen aneinander rieben, während die Schneeflocken an mir vorüber zur Erde sanken, während die Straßenbahn an der Haltestelle hielt und ihre Türen mit einem einsamen Geräusch aufklappte. Niemand stieg aus, nur ein Mann stieg ein, ein kleiner Knopf von oben mit einer hellen Fußsohle, die als Letztes im Wagen verschwand, und als sich die Türen hinter ihm schlossen, hatten wir uns den Rhythmus des anderen zu eigen gemacht und überführten ihn mit quälender Langsamkeit in eine nicht enden wollende Bewegung. Schon zitterten meine Beine so sehr, wie sie erst danach zittern sollten, ich spürte den Triumph des Kommenden, Satzfetzen gingen mir durch den Kopf, die weiße Frau am Fenster war ich, die alles beherrschte, mein einsamer Geist von gegenüber hatte sich getäuscht, ich stand ihm nicht zur Verfügung, wenn hier jemand herzuhalten hatte, dann er. Während ich das eine sah, spürte ich das andere, männlich machte ich mir alles zu eigen, und als Gregor schließlich seine Hand zwischen meine Beine schob, ging alles so schnell, dass ich keinen sicheren Stand mehr hatte, an der Fensterbank musste ich mich festhalten, ganz bestimmt schaute ich immer noch nach drüben, denn eines weiß ich auch: Der Fremde trat einen letzten Schritt nach vorne.

Als sich die Spannung löste und das Fenster nur noch kaltes Glas war, zogen wir die Vorhänge zu, nur einen schmalen Spalt ließen wir offen. Alles fügte sich wieder zusammen: Die dunkle Höhle gegenüber war leer, kein Auto stand mehr vor der Ampel, ich hörte die nächste Straßenbahn halten, sie öffnete ihre Türen und klappte sie wieder zu. Nebeneinander gingen wir zum Bett zurück, das noch ganz warm war.

Wenn ich nur fähig wäre, die Zügel in die Hand zu nehmen, wenn ich hier, in Gregors neuer Wohnung, eine solche Begegnung herbeiführen, ihn verführen könnte zu einer neuen Vertrautheit nach fünf Jahren.
Nichts ist so einfach, wie ich es mir vorstelle. Gregor ist zielstrebiger, verschlossener geworden, ich bin noch nicht dahintergekommen, woran es liegt, schiebe es auf die Stadt, wahrscheinlich geht es nicht anders, wenn man hier lebt. Das ist kein gutes Viertel, um nackt am Fenster zu stehen, würde Gregor in der Fourth Street zu mir sagen, sich vielleicht sogar einfach umdrehen und mich stehen lassen am Fenster, plötzlich weiß ich es genau. Ich muss mir etwas anderes ausdenken, etwas, das hier einen bleibenden Eindruck hinterlässt, eine Vertrautheit, die unserem neuen Leben angemessen ist. Da ist etwas Weiches in ihm, ich erkenne es an der Katze, für die er sorgt, die er morgens nicht vergisst, eine Katze will ich sein, die schnurrt und ihn verführt, lenken will ich sein Gefühl, weg vom Schacht, hin zu mir. Ich bin aus Fleisch und Blut, und doch interessiert ihn nicht, was zwischen meinen Beinen ist, stattdessen nimmt er das kalte Fleisch am Morgen aus der Plastikverpackung, hält es zwischen seinen Fingerspitzen und wirft es durch den Fensterspalt.

Für einen Moment, während ich meinen leeren Pappbecher zwischen den Fingern drehe, entfernt sich das ganze Vorhaben von mir, liegt der Traum, hier zu leben, vor mir auf dem Tisch wie eine aus dem Zusammenhang herausgelöste Mechanik, deren Funktion ich nicht verstehe, einen Wimpernschlag lang weiß ich nicht einmal mehr, wo ich mich befinde. Walt Whitmans Zeilen aus »Crossing Brooklyn Ferry« fallen mir ein, während der braune Fluss immer noch an mir vorüberzieht. *Myself disintegrated, every one disintegrated, yet part of the scheme*, ich selbst gesondert, alles gesondert und doch Teil des Ganzen, *the similitudes of the past, and those of the future*, die Wiederkehr in Vergangenheit und Zukunft. Ich hatte das Gedicht zu Hause gelesen, weil ich mir die Stadt aneignen wollte, je mehr ich weiß, desto mehr werde ich verstehen, sagte ich mir. Nun rächt es sich, die Zeilen treffen mich als aus der Vergangenheit abgeschossene Pfeile. Whitman schrieb an Menschen, die nach ihm leben würden, mit den gleichen Träumen und Bedürfnissen wie die Menschen seiner Zeit, er schrieb an Menschen, die hundert Jahre nach seinem Tod zur gleichen Tageszeit den East River überqueren würden wie er damals, er wollte sie hineinziehen in seine Zeit, also auch mich, auch ich wurde bereits beim ersten Lesen des Gedichts in Whitmans Zeit entführt, da kannte ich diesen Blick über den Fluss noch gar nicht. Ich bin festgefahren zwischen allen Zeiten, meine Knochen sind so mürbe vom ständigen Wechsel zwischen Kälte und Wärme, dass ich sie wie brüchige Stäbe in meinen Beinen spüre. Immerzu wechsle ich die Standorte und weiß nicht, ob das, was ich im jeweiligen Moment mache, das Richtige ist. Ich blättere in Büchern, suche in Vintage-Läden nach Schallplatten, hole mir Filme aus der Videothek, doch die Zei-

len, die ich lese, verstehe ich nicht, ich springe von einem Song zum nächsten, selbst Woody-Allen-Filme sind mir fremd. Gregor wird nicht stehen bleiben. Er zieht mich nach vorne, zieht mich in seine Stadt hinein, bringt mir das Alltagsleben bei, den Gang zum *Laundromat* mit dem Wäschesack über der Schulter, das Bier in der kleinen Bar nebenan, während die Waschmaschinen laufen, den selbst gebackenen Kuchen in einem Souterrain in der Ninth Street, das ich von außen nicht als Café erkannt habe. Für die Videothek in der Avenue A habe ich seit dem Vorabend einen Mitgliedsausweis, Gregor zuckte mit den Schultern, als ich ihm davon erzählte. Ich erzählte ihm nicht von dem dunkelhaarigen Mann, der wie Gregors stärkere, amerikanische Ausgabe hinter mir am Tresen stand und mich fragte, ob *That Touch of Mink* ein guter Film sei, ich sagte Gregor nicht, dass dieser Mann mich als Frau meinte, weil ich es selbst nicht wusste, es nicht glauben konnte, auf diesen gut aussehenden Fremden anziehend zu wirken.
Ich verliere mich, wenn ich so weitermache, der Gedanke erschreckt mich, Struktur und Ausschlusskriterien, Begriffe aus Gregors Wortschatz fallen mir ein, liegen mir im Magen wie bittere Pillen. Wie kann ich eine Struktur in meinen Aufenthalt bringen, wenn mich das Wort Ausschlusskriterium so seltsam bedroht, als gäbe es Dinge, denen ich mich verweigere, die ich nicht zur Kenntnis nehme, weil dann nichts mehr bleibt. Ich sehe ein Raster vor mir, in das mein Leben, meine Wünsche und geheimen Gedanken eingetragen sind, ein Quadrat nach dem anderen

muss ich durchstreichen, ich weigere mich, so rational auf die Dinge zu schauen, typisch, würde Gregor sagen, du solltest nicht immer die Augen vor der Realität verschließen.
Wo klafft die Lücke, in die alles hineinfällt und nicht mehr auftaucht, wir können nichts mehr auf der Scherzebene lösen wie früher, jede Ironie wird von Gregor mit fragendem Blick aufgenommen und muss erklärt werden, damit sie kein Unheil anrichtet. Auch ich bin empfindlich geworden und drehe ihm die Worte im Mund herum. Ab wann ist das Schwierige keine Phase mehr, sondern ein bleibender Zustand? Habe ich nicht dafür gesorgt, dass er die Greencard bekommen hat, wird es laut in mir mit jenem verlangenden Unterton, den auch die Katze in ihrer Stimme hat, ich versuche, mich zu besänftigen, diese Geschichte hebe ich mir für später auf in meiner Chronologie, wie die Frage nach der Katze ist auch sie ein Trumpf für mich, den ich nicht so schnell aus der Hand gebe, schon gar nicht in dem Zustand, in dem ich mich gerade befinde, in den sich nun auch eine gewisse Wut einschleicht bei dem Gedanken, ob ich wohl in dieser Shopping Mall der einzige Mensch bin, der allein unterwegs ist.
Jetzt nur nichts überhitzen, beruhige ich mich, man stürzt nicht übereilt aus einer Situation. Und wohin sollte ich auch stürzen. Umgeben von der dünnen *Muzak*, dieser Kaufhausmusik, die ununterbrochen aus den Lautsprechern fließt, bleibe ich sitzen, bis sich schließlich ein Schatten vor mir bewegt, es ist der Umriss eines jungen Mannes mit Schürze, der mit

gleichgültigem Blick einen Putzwagen vor mir abstellt. Hinter ihm, über dem Fluss, zieht ein Hubschrauber vorüber. Ich habe zu lange ins Sonnenlicht geschaut und blinzle; der Junge räumt die Abfälle von meinem Tisch, für mich endlich ein Zeichen, aufzustehen, ich brauche frische Luft. Ich bin in dieser riesigen Stadt, sage ich mir wieder, es ist auch ein Mantra gegen die Nachdenklichkeit, und mit diesen Worten kommt sie zurück, die dunkle Aufregung, die Angstlust, die nur auf mich selbst gerichtet ist, die mich als Verführerin unbrauchbar macht.

VI

Der Wind ist so stark, dass ich nur mit Mühe die Tür zur Aussichtsplattform hinter mir schließen kann. Auf der anderen Seite des Flusses bringt die Sonne die rostroten Quader der Gebäude in kalter Klarheit zum Leuchten, fremde, schöne Stadt, da schlägt auch schon ihr Lärm über mir zusammen. Von der Brücke tost er mir voller Wucht entgegen und trifft sich mit dem Wind, trifft sich mit dem Rauschen der Fahrbahntrassen, die auf der anderen Seite zwischen Wasser und Häuser gepresst sind, wie elektrisch gezogene Miniaturen laufen in ihnen die Autos und Trucks übereinander. Vom Heliport rechts neben dem Pier erhebt sich der nächste mit Touristen beladene Hubschrauber, kleine Gesichter schweben hinter den Scheiben, Punkt, Punkt, Komma, Strich. Auch wenn sie blass aussehen, ich möchte in diesem Moment gerne mit ihnen tauschen. Bullig drückt der Helikopter seinen Kopf nach unten, das Dröhnen seiner Rotorblätter geht unter im Grundrauschen, doch als er in einem angriffslustigen Bogen an mir vorüberzieht, nimmt es mir jeden Gedanken. Der Lärm, der von allen Seiten kommt, hat sich losgelöst von den Objekten, führt Kämpfe aus gen Himmel, zerrt an mir wie eine unsichtbare Macht. An einer weit entfernten Ecke der Reling flattert die Nationalflagge im Wind, von hier aus ahne ich das Knattern nur, hören kann ich es nicht, doch als hätte der Anblick des ausgefransten Stoffes etwas mit meiner Haut zu tun, als wäre er ein Pendant zu mir, in den Wind gehängt in der Heimat der Tapferen, belastet mich allein die Vorstellung dieses Geräuschs aufs äußerste. Vor mir sind hölzerne Liegestühle auf ihren Eisenkufen in den Bodenplanken verschraubt, ich stelle mir vor, an einem Sommertag in Reih und Glied mit anderen Besuchern auf einer dieser Liegen zu liegen, offensichtlich muss es so etwas geben wie Freude und Leichtigkeit an dem lautesten Ort, den ich in dieser Stadt bislang erlebe. Zwei Möwen tauchen auf, sie sind von der Terrasse im Erdgeschoss gestartet, direkt vor mir fliegen sie hoch, drehen ihre Köpfe nach rechts und links, schauen mir ins Gesicht auf ihre misstrauische Möwenart, lassen sich vom Wind die Schwungfedern verbiegen, blicken sogar im Davonfliegen noch über die Schulter. Der Fluss liegt vor mir wie angelaufenes Silber, das Brausen um mich herum ebbt nicht ab.

Nichts von dem, was ich mir erträume, ist bisher geschehen. Am Morgen nach meiner Ankunft begegneten wir uns beinahe wortlos in Gregors Küche, vor dem Kühlschrank standen wir, doch es hatte so gar nichts Verwegenes an sich, seit es geschehen ist, vermeide ich, daran zu denken. Die Szene beim heutigen Lunch in der Trattoria wirkt in mir nach, die andere, die ich da bin, das Kind, das still wird, weil es etwas falsch gemacht hat und sich dafür schämt. Mein Geplapper im grünen Café, als könnte ich Gregor über mich hinwegtäuschen. Er weiß, es gibt Tage, da bringen mich die geringsten Irritationen aus der Fassung. Er meidet meine Unsicherheit. Es gibt keinen Grund dafür, sagt er, nicht für die Angst, nicht für deine Verstocktheit. So möchte er mich nicht sehen, die Angst muss man verlassen, sagt er, das ist alles. Wäre die Stadt auch ohne ihn so laut?

Der Himmel zieht sich wieder zu, als ich Pier 17 verlasse. Wie aus Rauch gezogen stehen die Hochhäuser in den engen Straßen und neigen sich himmelwärts einander zu. Es ist kein Wunder, wie schnell das Wetter hier umschlägt, würde Gregor sagen, wir leben schließlich am Meer. In der Fulton Street rangiert ein schweres Baufahrzeug in einer Einfahrt, hinter dem Bauzaun lässt ein Kran Eisenstangen zu Boden fallen, der Lärm ist ohrenbetäubend, ich habe das Gefühl zu zerspringen. In einem Schaufenster sehe ich mich vorüberlaufen in Schwarz und Weiß, mein Gesicht nicht zu erkennen unter der Wollmütze, mein Körper ohne Konturen in all dem Stoff, der ihn schützt. Ich bin keine Spaziergängerin, so wie Dickens ein Flaneur war, als er die Zustände in den Five Points, dem irischen Immigrantenviertel nicht weit von hier mit seinen Mietskasernen, dem Schmutz und den nächtlichen Morden, beschrieb. Auch ihn habe ich zu Hause gelesen, habe mir vorgenommen, seine Wege nachzuvollziehen. Aber es wird mir heute nicht gelingen, zu sehr bin ich damit beschäftigt, mich selbst zu beobachten, mich zu fragen, ob meine Gänge und Wahrnehmungen auch in drei Monaten, in einem Jahr noch Bestand haben werden. Bei Hallmark blättere ich durch Geschenkbücher und Grußkarten. Ich sollte meinen Kollegen eine überschwängliche Postkarte schicken, doch nichts gefällt mir, ich muss beinahe lachen, die Stadt ist mächtig, ein Freund im Arbeitsstress, der kalte Februar und eine kratzende Wollmütze sind nicht der leichteste Start. Düster ist es draußen geworden, noch kälter. Ich schwöre mir, mich in Zukunft zusammenzureißen. Als ich die Straße überqueren will, ohne auf die Ampel zu achten, *jaywalking*, wie man es hier macht, weil man sonst niemals vom Fleck kommt, hupt ein Auto, und ich springe erschrocken zurück.

Im Labyrinth der Fulton Street Station brauche ich zehn Minuten, bis ich die JMZ-Linie finde. Bis hier unten ist die Baustelle zu spüren, an der ich vorbeigegangen bin, es müssen riesige Presslufthämmer sein, die den Boden unter meinen Füßen vibrieren lassen. Schleifend fahren die Züge ein und aus, der Lärm dringt in meine Schwäche wie in wundes Fleisch. Padam, padam schlägt es entlang der Strecke, der Zug wechselt die Schienen, wir werden hin- und hergeworfen, die anderen und ich, hell und dunkel zieht es vorüber, Chambers Street, Canal Street, Bowery. Das Licht im Wagen drückt auf die Augen, alle schauen mit dem gleichen leeren Blick aneinander vorbei. Doch wie sie fahre auch ich einem Ziel entgegen, wie sie werde auch ich bald eine Haustür aufschließen, eine Wohnung betreten, vielleicht zum ersten Mal an diesem Tag atme ich vollständig aus, und mit dem

leisen Hungergefühl, das einsetzt, schließe ich sogar kurz die Augen.
Über die Lower East Side hat sich während meiner Fahrt die Dunkelheit gelegt, ich haste eine unwirsche Straße entlang, nur zwei, drei winzige Einkaufsläden sind von grellem Neonlicht ausgeleuchtet. Weiter vorne wird es ein wenig heller, gleich werde ich zu Hause sein. Wieder überquere ich die Houston, zwei Häuserblöcke weiter leuchtet mir zum Glück schon die Two Boots Pizzeria mit warmen Farben entgegen. Alles ist hier auf Seinfeld eingestellt, täglich ab sechs Uhr gibt es Wiederholungen der alten Folgen, vier davon habe ich bereits gesehen. Kultig, würde Gregor wieder sagen, vielleicht hat er es auch tatsächlich gesagt. In der Auslage liegen goldene Pizzastücke, die nach Seinfeld-Charakteren benannt sind, alle sind dabei, Jerry, Elaine, Kramer, George. Ich entscheide mich für Newman. Der Pizzabäcker lächelt mich an, ich lächle zurück. Ich habe den perfekten Coup gelandet, ich bin in einer der aufregendsten Städte der Welt, ich werde nachher Seinfeld im TV sehen und dabei eine Pizza essen, die den Namen eines Seinfeld-Helden trägt.

Kaum habe ich zu Hause den Pizzakarton auf dem Küchentisch abgestellt und meinen Mantel abgestreift, ziehe ich ihn schon wieder an, wer könnte eine Pizza essen, ohne ein Bier dazu zu trinken, es gibt Dinge, die haben überall ihre Gültigkeit. Mein Schal weht mir über die Schulter, als ich die Straße überquere und Maria's Deli betrete, zum ersten Mal, seit ich hier bin, bewege ich mich, ohne über meine Schritte nachzudenken, sogar zielstrebiger als Gregor laufe ich, schnappe mir in Windeseile ein Sixpack Heineken, auf Anhieb ziehe ich die richtigen Dollarscheine, man muss sie nach Geldwert ordnen, nach Größe und Farbe kann man nicht gehen. Hat Gregor mir das beigebracht? Es ist mir egal. Alles ist perfekt.

Ich dusche lange und heiß, ziehe mir eine von Gregors Jogginghosen und seinen viel zu großen Kapuzenpulli an und öffne schnell das erste Bier, während ich die Pizza noch einmal in den Backofen schiebe. Der Bass der Titelmusik ist bereits zu hören, als ihr Duft die Küche erfüllt, eine Punktlandung also, und als ich vor dem Fernseher in meine Newman beiße, schießen mir scharfe Salami, süße Bratwurst, Brokkoli und Mozzarella in den Mund, nicht mein Geschmack, doch ich werde alles so nehmen, wie es kommt. Noch einmal sehe ich das Lächeln des Pizzaverkäufers vor mir, ich spüle es mit einem großen Schluck kalten Bieres hinunter, ich bin hier zu Hause, die Stehlampe wirft ihr warmes Licht in die Runde, Kramer schwenkt mit der Tür in Jerrys Wohnung, und ich lege die Füße auf den Tisch wie Abertausende anderer zu diesem Zeitpunkt auch. Gerade als ich meine persönliche Seinfeld-Episode zu einer Anekdote aufbereite, um sie später Gregor zu erzählen, klingelt ein Telefon mit dem nervösen hohen Ton, den ich aus dem Fernsehen kenne, es ist Gregors Telefon vorne im Straßenzimmer, beim vierten Klingeln stehe ich davor, beim fünften nehme ich ab. Es ist Gregor, der mit Arbeitskollegen noch auf einen Drink gehen wird und mir erklärt, wie ich zur Mercury Lounge laufe, ich bin auf dem Nachhauseweg daran vorbeigekommen, wieder sehe ich den grauen Asphalt vor mir, spüre die Kälte, ich bin in Gedanken schon bei meinem nächsten Bier, ich habe zu fett gegessen, ich lache über Kramer, dieser Abend gehört mir, und morgen ist auch noch ein Tag. Bitte sei mir nicht böse, sage ich zu Gregor, ich bleibe zu Hause, beim nächsten Mal gehe ich mit. Erleichtert lasse ich mich wieder auf das Sofa fallen und lege die Beine hoch, dann sehe ich über die Zehen meiner fusseligen Wollsocken hinweg Newman zum ersten Mal, er ist der dicke Nachbar von Jerry, der sich einschmeichelt, wenn er etwas will, und schwitzt und schreit, wenn er es nicht bekommt. Wenig später schrecke ich auf, schief und krumm bin ich auf dem Sofa eingedöst, bis diese klagende, hohe Stimme mich weckt, zuerst denke ich, es ist ein Kind, es ist meine eigene Stimme in einem bösen Traum, dann weiß ich, die Katze ruft im Schacht.

VII

Überall ist die Aufbruchstimmung zu spüren, schade, dass du gestern Abend nicht gekommen bist, ein neuer Kollege war dabei, er kommt aus Irland, ganz viele Iren haben dieses Jahr die Greencard gewonnen, alle sagen, es ist gar keine Lotterie, sie suchen ganz bewusst diejenigen heraus, die sie haben wollen, erzählt mir Gregor, bevor er am nächsten Morgen das Haus verlässt. Die morgendliche Gesprächigkeit ist unüblich für ihn, vielleicht hat meine Absage vom Abend zuvor damit zu tun. Seine Munterkeit treibt mich aus dem Bett trotz der Kopfschmerzen, die ich vom Bier und der Heizungswärme habe. Bevor ich ins Bad gehe, hole ich meine Reisetasche aus dem Regal und ziehe zum ersten Mal, seit ich hier bin, meinen Schatz hervor: eine Mappe aus Hartpappe, darin mein Lebenslauf und mein Profil. Seltsam statisch liegt nun alles vor mir, Jahreszahlen, die Schrift, die ich verwendet habe, mein Foto. Ich habe viel Mühe darauf verwendet, die Projekte zu beschreiben, in der Kürze liegt die Würze, das Übersetzungsbüro bat ich um amerikanisches Englisch. Ich dusche, ziehe mich an, schminke mich, sogar meine Stiefel habe ich angezogen, und hole am Schreibtisch im Straßenzimmer das graue Telefon zu mir heran. Meine Realität ist, dass ich die Greencard nicht gewonnen habe und nun endlich diesen plumpen amerikanischen Kasten benutze, der vor mir steht, und die beiden Nummern abtelefoniere. Mir ist noch flau im Magen, Newman wirkt nach. Ich lege mir die Worte zurecht, die ich gleich sagen werde, lege die Mappe direkt neben das Telefon, damit ich meine Leistungen herunterrasseln kann. Meine Unterlagen werden in keinen amerikanischen Ordner passen, sie sind im DIN-Format, ich habe nicht daran gedacht, wie anders hier alles ist. Übrig bleibt der USB-Stick, auf den ich zu Hause Arbeitsbeispiele gezogen habe, ich stecke ihn ein in Gregors Rechner. Designs in Grau und Blau, die mir mit einem Mal sehr angreifbar vorkommen, man wird es meiner Stimme anhören, wie schwach ich mich fühle. Ich bin nicht in der Verfassung, einen guten ersten Eindruck zu hinterlassen, ich entschuldige mich mit aller Entschiedenheit bei mir selbst und vertage die Anrufe auf den nächsten Tag. Reiß dich zusammen, rufe ich mir zu, ich pflege meinen Kater, ruft es zurück, ich mache blau. Morgen werde ich mein Leben in die Hand nehmen und die beiden Telefonnummern anrufen. In der vorausschauenden Berechnung, wie sehr mich dieser Satz in einigen Jahren amüsieren wird, suche ich nach weiteren Versicherungen dieser Art, ich möchte mir alles Markante anhand solcher Sätze einprägen, die mir viele Jahre später noch sagen werden, wie befangen und ungeschickt ich am Anfang war und wie selbstverständlich ich dann doch jede Hürde genommen habe.

Diese Stadt, diese riesige Stadt, die sich ständig selbst zitiert, in der Filme über sie gedreht, Songs über sie produziert werden, die das Außen nach innen holen und wieder ausstrahlen als neues Abbild. Ich bin müde, wenn ich nur daran denke, dabei ist es erst früher Vormittag. Es ist mir jetzt zu viel, auf Entdeckungstour zu gehen, meine drei Bier am Abend zuvor sind genug, um dieses schale Gefühl zu spüren, die Melancholie, die ein Kater am nächsten Morgen mit sich bringt. Zum Einleben gehört auch ein ganz normaler, fauler Tag, an dem man zu Hause bleibt.

Ich sitze gerne an Gregors Schreibtisch, an diesem alten, amerikanischen Küchentisch mit Resopaloberfläche und Aluminiumrand, den er zu Hause niemals gekauft hätte, da strebte er nach Hochwertigem, nur wenig davon hat er mitgenommen, das Sofa, zwei Stühle. Ob auch ich diesen Tisch gekauft hätte? Gehört zu einem neuen Lebensabschnitt nicht auch ein neuer Stil, ein neuer Ausdruck, passt man sich nicht an die neue Umgebung an wie ein Chamäleon? In Gregors Wohnung hat sich nicht viel verändert seit seinem Einzug, sagt er, sechs unausgepackte Kisten stehen neben dem Schreibtisch, zwei davon sind geöffnet, CDs und Bücher, Jaspers, Foucault, *The Art of Mingling*, versehentlich eingepackte Verlängerungskabel und Krimskrams, den ich nicht kenne. Ich wühle ein wenig herum, doch nicht zu sehr, er soll es nicht merken. Die Heizung beginnt wieder zu klopfen, das macht sie mehrmals am Tag, immer wieder erschreckt mich das Seufzen, mit dem ihre Hitzewallungen ausklingen, es ist beinahe menschlich. Sie kann nicht anders, funktioniert nach dem Alles-oder-nichts-Prinzip, ist nicht regulierbar. Man muss sich wehren gegen die Wärme in den Räumen, die zuerst den Körper vereinnahmt und dann das Denken. Auch das macht es mir oft schwer, das Haus zu verlassen, dieser Gegensatz zur Eiseskälte vor der Haustür. Der Hausmeister ist benachrichtigt, sagte Gregor am Morgen, doch bei ihm wisse man nie, irgendwann in den nächsten Tagen würde er hoffentlich nach der Heizung sehen und ihr die Luft ablassen. Vielleicht bin ich zu Hause, wenn er kommt, dann frage ich ihn nach der Katze, ich habe ihn noch nie gesehen, aber manchmal, wenn ich das Haus betrete, bleibe ich kurz stehen und hoffe, Geräusche aus der Erdgeschosswohnung zu hören. Diese Katze, ich kann nicht aufhören, an sie zu denken. Schnell laufe ich auf Strümpfen zum Schachtfenster, getrieben von dem Gedanken, dass es in meiner Nähe eine zweite Welt innerhalb dieser großen Stadt gibt, eine Welt im Schacht, von der ich nichts weiß. Die Katze ist nicht da, der alte Kinderwagen steht in der Ecke wie ein Mahnmal.

Bis auf sein Bedauern darüber, dass ich am Abend zuvor nicht in die Mercury Lounge gekommen bin, bis auf seine überraschende Gutlaunigkeit, die er mir noch zurückließ, bevor er ging, war es auch diesmal das gleiche Ritual wie an jedem Morgen: Gregor steht leise auf, um mich nicht zu wecken, er duscht, kommt zurück und macht das Licht im Schlafzimmer an, um sich für den Tag zu rüsten. Mein Schlaf bleibt ungestört, solange Gregor unter der Dusche steht, und hat sich der Arithmetik des Ankleidens unterzuordnen, sobald er aus dem Bad kommt. Später höre ich ihn in der Küche auf und ab gehen, manchmal muss ich zur Toilette, dann sehe ich ihn auf dem Weg zum Bad im Mantel am Küchentisch stehen und seinen Apfel und ein Stück Käse essen. Er wirft das Fleisch für die Katze nur in den Schacht hinunter, wenn ich nicht im Raum bin. Seit zwei Tagen schlafe ich nicht mehr ein, sobald er das Bett verlassen hat. Seit zwei Tagen warte ich auf das Knirschen im Fensterrahmen wie auf das Klingeln eines Weckers.

Gregor hat mir in den Monaten zuvor von den Mühen mit der Wohnung erzählt, dem *catch 22*, für den Abschluss des Mietvertrags ein Konto bei einer Bank nachweisen zu müssen und für das Konto bei der Bank eine gültige Wohnadresse. Er hat mir beschrieben, wie grau die Trennwände des *Cube* sind, seines Arbeitsbereiches, und wie streng es untersagt ist, darin zu essen und zu trinken, aber er hat mir niemals von der Katze erzählt. Sie war in den letzten Monaten das erste Wesen, dem er morgens begegnete, davon gehe ich aus. Fühlt er sich manchmal einsam? Manches von zu Hause vermisst er. Seine Freunde, die alten Selbstverständlichkeiten wie das Autofahren oder sonntags stundenlang sorglos in einem Café sitzen. Manches von Deutschland vermisse ich, sagte er bereits nach vier Wochen am Telefon, und ich nahm zum ersten Mal wahr, wie entfernt seine Stimme klang. Aber nie sprachen wir über Einsamkeit. Wenn überhaupt, würde Gregor sie als theoretischen

Begriff abhandeln. Einsamkeit gehört dazu, diesen abschließenden Satz habe ich schon einmal von ihm gehört, doch dabei ging es wahrscheinlich um mich.

An einem der vorangegangenen Abende sah ich ihn vom Bett aus vornübergebeugt an seinem Schreibtisch im Straßenzimmer sitzen, seine Unterschenkel über Kreuz, dicke Socken an den Füßen, eine Wollmütze auf dem Kopf gegen die leise Zugluft vom Fenster, sein leicht zur Seite geneigter Oberkörper als Scherenschnitt vor dem hellen Bildschirm. Manchmal, wenn ich einen Menschen sehe, wie er ganz bei sich ist, konzentriert auf das, was er gerade macht, nicht gewahr, dass er beobachtet wird, nimmt mich die Zartheit dieses Menschen völlig ein, erinnert mich an die Verletzlichkeit aller Menschen, an unser aller Anstrengung, das Leben so gut wie möglich zu meistern. Als ich Gregor dasitzen sah in seiner Abgewandtheit und der wunderbaren Empfindlichkeit, mit der er sich um sein Leben bemühte wie ein großes, ernsthaftes Kind und es mit niemandem teilen mochte, klangen in mir die Geschichten an, die er mir erzählt hatte, die Familiengeschichten, die Schulgeschichten, ich dachte an seine Haare, die so anders waren als meine, an seine tiefe Stimme, die ich so gerne hörte. Plötzlich der Gedanke: Ich betrachte ihn schon aus der Ferne, meine Rührung ist schon die Rührung des Abschieds, tritt sie nicht immer dann ein, wenn der andere nicht mehr nahe ist, wenn der Raum dazwischen der Zeit gleicht, über die hinweg man sich schon voneinander gelöst hat. Mir fielen die Augen

zu, und ich träumte von ihm an seinem Schreibtisch, die abgewinkelten Unterarme rückten geheimnisvolle Dinge vor ihm zurecht, warfen Schatten auf den Holzboden, die fast bis zur Mitte des Raums reichten. Ich bildete mir ein, er ginge an mir vorüber, ich hörte die Wohnungstüre, schreckte von einem Geräusch hoch und sah, er saß nicht mehr am Schreibtisch, sondern auf dem Boden vor einem Karton mit CDs, die er sortierte. Jetzt hörte ich auch leise Musik, er lebt in seiner Wohnung, als gäbe es mich nicht, dachte ich gerade, da fiel ihm eine CD-Hülle aus der Hand, und das harte Geräusch des zerspringenden Plastiks ließ mich zornig auffahren.
Ich bin allein, auch er und ich sind voneinander getrennt wie alle Menschen, mit diesem Gedanken drehte ich mich wieder um und suchte nach meiner Wärme im Bett, wie immer war das Knistern der Kissenfüllung zu laut in meinem Ohr.

Manchmal ist mir, als könnte ich die Katze durch die Wände hindurch zwei Stockwerke unter mir auf dem Schachtboden sitzen sehen, mit blinzelnden Augen in ihrem schwarz-weißen Gesicht, die Vorderpfoten eng beieinander. Sie ist eine Gefangene, davon gehe ich aus. Vom Abend bis zum Morgen ist sie die Hauskatze, die ihrem Herrchen oder Frauchen um die Beine streicht, auf dem Sofa liegt oder auf dem Bett, über den Küchentisch hinunter zu ihrem Fressnapf springt, tagsüber jedoch wird sie ausgesetzt in den Schacht, wahrscheinlich zusammen mit dem Katzenklo, das vielleicht unter dem Kinderwagen steht.

Ich kannte einmal eine Katze, die sich mit dem neuen Liebhaber ihres Frauchens nicht abfinden konnte. Wenn er da war, urinierte sie in seine Schuhe, auf seine Tasche unter der Garderobe, wenn sie tagsüber allein war, benutzte sie das Sofa, die Kissen, das Bettzeug als Toilette. Sie war sechzehn Jahre alt und hatte sich immer tadellos gehalten, diesen Mann jedoch hasste sie aus tiefstem Katzenherzen. Vielleicht war er ein schlechter Mensch, und nur sie spürte es. Wahrscheinlicher jedoch schien es ihrer Besitzerin, dass sie von einer unheimlichen Eifersucht befallen war, vielleicht war es auch die Angst, kurz vor ihrem Tod durch eine neue Liebe ersetzt zu werden. Wegen ihres Alters und der großen Zuneigung, die Frau und Katze füreinander empfanden, war nicht daran zu denken, die Katze wegzugeben, ebenso absurd schien es, sich ihrem Willen zu beugen und sich von dem neuen Freund zu trennen. Es blieb ihrem Frauchen nichts anderes übrig, als sich mit der fortlaufenden Verwüstung ihrer Wohnung abzufinden, sich mit dem Geliebten hauptsächlich in seiner Wohnung zu treffen und morgens, bevor sie zur Arbeit ging, Sofa, Sessel und Bett mit Plastikbezügen abzudecken und die Teppiche zusammenzurollen. Ich weiß nicht, wie diese Geschichte ausging, Frauchen und ich verloren uns aus den Augen, aber ich stelle mir vor, dass es mit der Katze in der Parterrewohnung eine ähnliche Bewandtnis hat. Es gibt etwas, wovon sie ferngehalten wird. Und Gregor füttert sie jeden Morgen.

Wenn ich den Beginn unserer Beziehung beschreiben soll, fällt mir nichts anderes ein als, wir heilten uns gegenseitig, und doch weiß ich, gerade damit schicke ich die Undurchführbarkeit voraus. Jede Beziehung hat ein Thema, kein Gefühl nährt sich lange aus sich selbst heraus, es sucht nach einem Bezug. Unser Thema war die Einsamkeit.

Wir lernten uns an dem unfreundlichen Frühlingsabend meines dreißigsten Geburtstags kennen, ich gab ein Fest und lud ein, wen ich kannte. Kollegen aus der Agentur waren darunter, ehemalige Studienfreunde, wir alle hatten die ersten Jahre in unseren Jobs hinter uns, hatten viel zu erzählen und hatten uns auch noch nicht zu weit voneinander entfernt, um nicht jede Story in Gelächter enden zu lassen. Einige meiner Freunde kannten sich, die meisten nicht, und so wuchs das Beziehungsgeflecht vom ersten Türöffnen an wie ein Baum durch die Wohnung, der seine Äste in jedes Zimmer trieb, dessen Blätter im Wind zitterten, dessen Früchte unter Gelächter reiften und zu Boden fielen. Ich hatte Gregor noch nie zuvor gesehen, er kam spät, mit einer Flasche Wein in der Hand, als bereits Gin und Wodka ausgeschenkt wurden, schon den ganzen Abend war ich gespannt auf ihn, ein Kollege hatte mir von ihm erzählt, als einem alten Freund und dem schönsten Mann, den er kenne. Nie werde ich seinen Lockenkopf über seinem weißen Hemd vergessen, dessen lange Ärmel an den Handgelenken sorgsam geknöpft waren, eine erwachsene Erscheinung, die sich mit ruhiger Stimme unterhielt und selten lachte, während die anderen

Männer mit T-Shirts, kurzen Hosen und Baseballkappen die lärmenden, überschwänglichen Alter Egos ihrer Kinderzeit darstellten. Seine aufspringenden Locken ließen ihn wie einen ungestümen Erfinder aussehen, das Gesicht darunter war blass und ernst. Auf dem Kopf ein Junge, im Gesicht ein besorgter Mann, dachte ich noch, Gegensätze haben mich schon immer angezogen. Seine Ernsthaftigkeit war keine Allüre, wie ich später feststellte, stets dachte er sorgfältig über das nach, was gesprochen wurde, er ließ sich nie durch Heiterkeit bestechen. Alle Gedanken müssen zu Ende gedacht, alle Sätze zu Ende gesprochen werden, sagte er einmal, da waren wir bereits ein Paar und setzten oft Tage später unvermittelt einen gemeinsam entwickelten Gedanken fort, sprachen einen begonnenen Satz zu Ende, ohne Auffrischung oder neuen Ansatz. Alles war in uns, alles, was uns anging. Es konnte jederzeit in Gang gesetzt werden, jede unserer Regungen wurde vom anderen aufgenommen.

In der Nacht der Party blieb er bei mir. Es war so selbstverständlich, als wären wir schon immer füreinander da gewesen. Vielleicht vollendeten wir da bereits einen Satz, einen Gedankengang, der vor langer Zeit schon angelegt, der noch nicht zu Ende gebracht worden war, der noch des Drehens und des Wendens, des Schweigens und eines neuen Ansatzes bedurfte, ehe wir uns mit einem Blick in die Augen des anderen vergewisserten, wir waren im Gleichklang. Bis spät in der Nacht, die meisten anderen Gäste waren schon gegangen, saßen wir uns in meinem Wohnzimmer gegenüber. Ich sah ihm zum ersten Mal in aller Ruhe ins Gesicht, es war von einer klassischen Schönheit mit weit auseinanderstehenden braunen Augen, hohen Wangenknochen, einer geraden Nase mit fein geschwungenen Nasenflügeln.

Es gibt diese magischen Momente, wenn die Nacht schon fortgeschritten, die Müdigkeit groß ist, in denen sich alles im Körper öffnet, in denen jedes Wort, jede Geste von einer solchen Einzigartigkeit und Gültigkeit ist, dass man sie nie vergisst. Wir sprachen über Fotografie, mit der ich mich damals beschäftigte, wir sprachen über das Wesen der Dinge, ich zitierte Walter Benjamin: »An einem Sommernachmittag ruhend einem Gebirgszug am Horizont oder dem Schatten eines Zweiges folgen ...«

»... das heißt die Aura dieser Berge, dieses Zweiges atmen«, ergänzte mich Gregor. Ich habe diesen Moment später niemandem nahebringen können, immer klang es kitschig, wenn ich die Sekunde beschreiben wollte, in der wir uns ineinander verliebten, und so habe ich ihn schließlich ganz allein für mich behalten.

Wir sprachen, wir hielten uns unvermittelt an den Händen und lösten uns wieder, es gab keine Eile, wir wussten, wir würden diese Nacht und alle folgenden Nächte und Tage miteinander verbringen. Die Musik drang nur noch leise zu uns herüber, die restlichen Partygäste hatten sich in der Küche versammelt, manchmal schien es, es redete niemand mehr, dann wieder erzählte eine sonore Stimme etwas, das mit Gelächter belohnt wurde. Alle Geräusche drangen mit größter Klarheit durch die geöffneten Türen zu uns, doch bald war es, als gäbe es nur noch Pausen und undeutliches Lachen, mit unseren Stimmen und Handbewegungen hatten wir einen Kokon um uns gewoben, den wir für die nächsten Jahre nicht verlassen sollten, nichts konnte uns von außen berühren. Wir fanden Vergnügen an der Welt des anderen, öffneten unsere verborgenen Türen, damit der andere sie betrete. Wir schwebten über den Dingen, schwammen unter ihnen hindurch, blieben stets im gleichen Tempo. Alle Worte waren lebendige Dinge, Fortsetzungen unser selbst, und in dem gedämpften Licht, das dem Raum eine gewisse Diesigkeit verlieh, erschienen mir unsere Köpfe, die jeden Gedanken des anderen aufnahmen und weiterspannen, tatsächlich von einer Aura umgeben. Von Anfang an waren wir einander vollkommen zugewandt und schlossen damit die anderen aus, schon nach der ersten Nacht bezogen wir uns nur auf uns selbst, bald zählten wir diejenigen auf, die wir nicht mehr brauchten, unsere Welt war komplett, sie war die reichste, die wir kannten. Wir stellten fest, wie ähnlich wir uns beide als Kinder gewesen waren, jeder hatte sich auf seine Weise seine Phantasiewelt eingerichtet, nun setzten wir sie gemeinsam fort, wir kultivierten unsere Einsamkeit, nur du kennst mich, wie ich dich kenne, sagten wir oft und merkten zu spät, wie brüchig diese Exklusivität war, dann, als es niemanden mehr gab, an den wir uns wenden konnten. Da war schon das Einerlei eingekehrt wie in so viele andere Beziehungen auch, wir waren nichts Besonderes mehr, und in der Welt um uns herum gab es niemanden, der davon Notiz nahm, wie verlassen wir uns fühlten. Doch daran dachten wir in dieser ersten Nacht nicht, zu verheißungsvoll war es, im anderen einen Menschen kennengelernt zu haben, der ein Spiegel des Eigenen war. Gregor mit seinem schönen Gesicht, seinen langsamen, fließenden Bewegungen saß damals vor mir wie ein Wesen, das ich immer schon kannte. Wir sehen aus wie Geschwister, nur seitenverkehrt, sagte er einmal, als wir nebeneinander vor dem Spiegel standen. Und tatsächlich: Alles, was an ihm kantig war, seine Stirn, seine Nase, seine Kiefer, seine Schultern, war rund an mir, doch die Grundlagen waren gleich, unsere blasse feine Haut, die dunklen Augen, selbst unsere Lippen waren einander in der Farbe ähnlich, zwei Münder, die gleich groß waren, meiner ein wenig runder als seiner. Ein Muttermal, bei mir auf der linken Wange, bei ihm auf der rechten Stirnseite, kurz oberhalb der Augenbraue. Nur mit unseren Haaren tauschten wir die Rollen, auch sie von gleicher Farbe, doch die Locken, die warmen, weiblichen Locken bis tief in den Nacken, die hatte er, während meine Haare kurz und glatt waren. Viel später einmal sah ich in seiner Wohnung eine kleine Schwarz-Weiß-Fotografie der Tutenchamun-Maske in einem dunkelbraunen Holzrahmen in der Küche hängen. Die Ähnlichkeit war frappierend, als hätte man zwei Bilder von uns übereinandergeschoben.

Ich stehe auf, klappe meine Mappe zu, ziehe den USB-Stick aus dem Rechner, ich brauche einen Tee, da setzt eine Polizeisirene ein. Gelbe Streiflichter flackern über die gegenüberliegende Fassade, eine Stimme spricht Unverständliches durch ein Megaphon, zu kurz für einen Satz, mein Herz klopft bis zum Hals. Von ferne, viele Straßen weiter, antwortet eine zweite Sirene. Männer und Frauen mit Walkie-Talkies laufen über die Straße, ein Polizeiauto steht vor Maria's Deli, eine Kamera wird in eine Spur gesetzt. Die rechte Fahrbahn ist gesperrt. Ich ahne, hier wird eine Szene für eine Polizeiserie gedreht, das kommt öfter vor, schrieb mir Gregor schon wenige Tage nach seiner Ankunft.

Wieder fällt mir ein, wie wir unsere Urlaubsreise in dieser Stadt beendeten, fast ist es, als zählten die fünf Jahre zwischen damals und jetzt nicht mehr, als könnte ich von den Highways Arizonas direkt wieder herkommen, in die Stadt, wie wir sie damals erlebten. Fifth Avenue, die Museen, Central Park und abends in eine irische Kneipe, wir hatten nur diesen einen Tag, es war der letzte Tag vor unserem Rückflug, und doch hatte dieser Tag mehr Gewicht als die Rundreise davor. Als aneinandergereihte Polaroidfotos tauchen die Bilder vor mir auf, während ich das Teewasser aufsetze: Sonnenlicht, von polarisierten Irrlichtern durchzogen, Gregors lächelnder Mund, die Hügel und Felsen des Parks, im Vordergrund verschwommen meine Nase und ein schelmischer Blick aus den Augenwinkeln, alles in den unechten Farben der Vergangenheit. Wir fühlten uns frei wie die Kinder, alles war so unbeschwert, so fing alles an, mit einer unbeschwerten Sicherheit.

Frei wie die Kinder. Das ist ein Satz, über den er sich amüsiert hätte. Das hört sich abgegriffen an, würde er sagen, es ist nicht aussagekräftig. So wie die Sache mit der Katze ganz allein Gregor gehört, so gehört ein Satz, der mit ›frei wie die Kinder‹ endet, nur mir, denke ich trotzig, als ich wieder an seinem Schreibtisch sitze und Spiralen auf den Zettel male, auf dem ich mir eigentlich Notizen während meiner beiden Telefonate machen wollte.

Wir waren so begeistert an diesem Tag, erkläre ich ihm, der sich jetzt fünf Subway-Stationen entfernt auf seine Arbeit konzentriert, wir konnten nicht abwarten, alles zu sehen, weißt du nicht mehr? Die Lobby des Empire State Building, wie klein wir uns darin vorkamen in unserer Sommerkleidung, so nackt zwischen all dem Marmor und Messing und den schwarz livrierten Fahrstuhlführern. Guava Lemonade und Frankfurter mit Kraut auf dem Weg zum Park, ich weiß noch genau, wie es schmeckte. Spätabends, es muss in der Nähe des Times Square gewesen sein, vielleicht auch nicht weit von der Carnegie Hall, ich hatte sofort die Richtung verloren, wir wollten zum Hotel zurück und schauten nach oben, nach dem Empire State als Anhaltspunkt. Wir blieben einfach stehen und küssten uns. Unter unseren Schuhen strahlten die breiten Gehwegplatten die Hitze des Tages aus, wir fühlten nur unsere Lippen, über uns der hohe Sommerhimmel, der die blaue Stunde ankündigte.

Und jetzt bin ich hier. Als ich vom Flughafen kam und sagte, ich bleibe drei Wochen, hast du mich er-

staunt angesehen, ich hatte gerade deine Wohnung betreten, den Mantel noch an, du schräg hinter mir mit meiner Reisetasche in der Hand. Atemlos vom Treppensteigen hatte ich es gesagt und mich dabei lächelnd zu dir umgedreht. Sofort sah ich dieses ganz bestimmte Zucken um deinen Mund, das bedeutete, es ist falsch, es ist zu nah. Es war das kurze Zusammenpressen der Lippen, das du vor langer Zeit für mich erfunden hast, von dem ich hoffte, das hier sei nicht die richtige Stadt dafür. Wie sehr hatte ich mich geirrt, alles hast du mitgenommen, dazu ein kaum merkliches Flattern deiner Augenlider, ich kenne es nur zu gut. Schon zog die dunkle Wolke über uns auf, bis in deine Wohnung war sie uns gefolgt, ich stand dir ebenso enttäuscht gegenüber wie schon fünf Monate zuvor beim Abschied am Flughafen, als du mir nicht sagtest, du liebst mich, als du auf dem Weg zum Flugsteig deine Hand nicht mehr wie bei früheren Abschieden von Ferne auf dein Herz gelegt, sondern sie nur in meine Richtung erhoben hattest.
Warum hast du mir nicht gesagt, dass du so lange bleiben wirst?
Hatte ich es wirklich nicht gesagt? Das konnte nicht sein, so etwas sagt sich in dem gleichen Atemzug wie das Ankunftsdatum, doch du hast recht, ich komm dich besuchen, hatte ich einfach nur in den Hörer hineingesagt, eine Formel, die in deiner Welt tatsächlich nur ein paar Tage bedeutet, kalkuliert hatte ich damit und mein schlechtes Gewissen ignoriert. Alles andere wird sich schon finden, wenn ich erst mal da bin, so hatte ich mir das zurechtgelegt, und du hat-

test ja auch nicht nachgefragt. Die Kräfteverteilung zwischen uns hielt mich ab, die Wahrheit zu sagen, die Stärke und Schwäche, die wie auf einer Wippe auf und ab ging, nur leider niemals in der Mitte stehen blieb, deine Beine sind länger als meine, und ich hatte Angst, du springst mir einfach ab.

Und so stand ich in deiner Wohnung, direkt vom Flughafen, eingeholt von den vertuschten drei Wochen, schwach wie nie zuvor in den letzten Monaten, allein die Ahnung einer Veränderung trocknete meinen Mund aus, während du auf eine Antwort wartetest.

Was ist daran so schlimm, ich wollte dich überraschen, sagte ich.

Nach einer Kränkung ist ja das Selbstmitleid so nah wie die Rachlust, und so war er auch gleich da, der anklagende Ton in meiner Stimme, es war der Ton meiner Mutter, die uns alle in Schach hielt mit ihren weinerlichen Vorwürfen, wieder trat ihr Erbe hervor, und das ausgerechnet hier. Ich erschrak auch über mein inneres Kalkül, dir den schwarzen Peter zuzuschieben, das kannte ich noch nicht an mir. Ich habe das Drängen in deinen Worten immer noch im Ohr, als du mir bereits in deiner ersten Woche sagtest, du musst kommen, unbedingt. Ich spüre beinahe noch den Druck des Telefonhörers. Ich dachte, du vermisst mich, wollte ich sagen, doch auch das verschluckte ich lieber, stattdessen wog der Mantel immer schwerer auf mir. Ich wagte nicht daran zu denken, dass ich sogar noch länger bleiben wollte, die Verletzung saß mir tief im Fleisch, wie eine Verwandt-

schaft, die ungebeten zu Besuch kommt, stand ich da, zögernd zog ich mir den Schal aus.
Es ist alles gut, sagtest du schließlich und nahmst mir den Mantel ab, während die Welt ausatmete und sich weiter drehte, ich bin nur so in meine Arbeit vergraben, dass ich mich gar nicht mehr daran erinnern kann. Du weißt doch, wie ich bin.

Der Wasserkessel pfeift, ich gehe in die Küche und auf dem Rückweg werfe ich einen Rest Newman-Pizza in den Schacht zur Katze hinunter, eine Gemeinheit, die mir sofort leidtut. Du hast ein schweres Leben, Katze, ich weiß es.
Ziellos gehe ich durch alle hintereinanderliegenden Räume und wieder zurück bis zur Küche und von dort in das winzige Bad. Im Spiegel schwebt mein Gesicht gleichförmig und blass vor dem kleinen Stück freigelegter Brownstone-Wand in meinem Rücken. Erst als ich direkt unter der Lampe stehe, stelle ich fest, da sind die Anstrengungen der vergangenen Jahre bereits um Mund und Nase zu sehen, und ich weiß, welche Züge sich in den kommenden Jahren noch stärker ausprägen werden. Kann es sein, dass ich eifersüchtig bin? Auf eine Katze? Ich bin eine erwachsene Frau, und ich habe Sehnsucht nach einem Leben, das ich nicht beschreiben kann.
Wie ruhig es auf einmal ist. Drehpause beim Filmteam. Oder war es schon immer so still, ist es nur im Straßenzimmer laut? Ist die Wohnung in vorne und hinten unterteilt, mit dem Schacht als Grenze zwischen hell und dunkel? Wir bewegen uns nicht neben-

einander, sondern nacheinander, versetzt in zeitlicher Reihenfolge, es ist ganz so, als gestatteten die hintereinanderliegenden Räume nur einem Körper die Bewegung. Gregor kann nicht gut einschlafen und zögert das Zubettgehen so lange wie möglich hinaus. Wenn er sich dann spät am Abend zu mir legt, schmiegt er sich an mich mit dem heißen Gesicht eines Kindes. Doch wenn ich mich ihm zuwende, dreht er sich auf den Bauch, als wäre es ein Unrecht, was passieren könnte, schlimmer noch, als wollte er sein Inneres verbergen. Er lässt nur bestimmte Berührungen zu, seine Locken, die Schultern, eine Rückenmassage. Küsse sind gestattet, aber nur harmlose, werden sie eindeutig, lacht er und weicht aus. Du pickst wie ein Vogel, sagte er an einem dieser Abende, und ich lauschte erschrocken in den dunklen Raum hinein, bis ich an seinem ruhigen Atem hörte, er war eingeschlafen. Probeweise spitzte ich meine Lippen, dann schlief auch ich ein. Ich sehe ihn niemals lange nackt, so wie früher zu Hause, nackt am Fenster, nackt im Bett, wenn ich mit kalten Brüsten vom Kühlschrank kam. Die Dinge müssen sich erst wieder einspielen, sagt er ein andermal dicht neben meinem Kopf, du weißt doch, wie ich bin. Seine Stimme schwebt noch lange über uns, ratlos wie verlorene Kinder liegen wir darunter. Vielleicht liegt es auch an dieser düsteren Wohnung, dass wir nicht miteinander schlafen, vielleicht an den Straßenzügen, die am Abend immer fremder werden. Ich sehe Gregors Körper immer nur kurz, ein heller Schemen, dann wird das Licht gelöscht.

VIII

Am nächsten Morgen wache ich lange vor Gregor auf, aufgeschreckt von dem Gedanken an den Pizzarest, den ich zur Katze hinuntergeworfen habe. Ich kann mir nicht vorstellen, dass sich jemals andere Fenster zum Schacht hin öffnen als das Erdgeschossfenster und das Fenster von Gregors Wohnung, noch nie habe ich ein anderes Geräusch gehört als das Knirschen dieser beiden Fenster in ihren Rahmen. Ich mache mir Sorgen wegen des Pizzastücks, vielleicht liegt es noch unten, weil die Katze es nicht gefressen hat. Gregor soll es nicht sehen, soll nicht wissen, dass ich von der Katze weiß. Es ist ein seltsamer Gedanke, der mich da überkommt, er bringt eine eigentümliche Kraft mit sich. Zum ersten Mal, seit ich hier bin, trage ich etwas in mir, das nur mir gehört, ich weiß etwas von Gregor, das er mit niemandem teilt, es ist wie ein Faustpfand gegen seine Überlegenheit, und es ist ein Gegengewicht zu dieser Stadt, etwas, das ich von innen nach außen erlebe, eine Erfahrung, die ich nicht als Fremde mache, sondern in dem Haus, in dem ich wohne. Plötzlich bin ich in Hochstimmung, ich werde ihn nicht nach der Katze fragen, kaum ist er unter der Dusche, öffne ich das Fenster. Alles ist in Ordnung, Newman ist nicht mehr da, die Katze faucht zu mir hoch. Und mit dem Blick nach unten stürzt auch das gute Gefühl ab, mit Schwung kippt es nach vorne, trudelt als fröhlicher Irrtum hinunter in den Schacht, und entgegen kommt mir die Gewissheit: Es ist Gregor egal, ob ich ihn beim Katzenfüttern beobachte oder nicht, es ist ihm auch egal, ob ich ihn danach frage.

Wenn ein Treppenhaus etwas über den Charakter der Gegend, die Geschichte des Hauses und die Eigenarten seiner Bewohner aussagt, dann sollte ich hier und jetzt nicht mehr weitergehen, denke ich beinahe täglich und so auch zwei Stunden später bei jeder Treppenstufe, die ich nehme. Alles in diesem Haus in der Fourth Street ist schwarz, die Stufen, die Wände, die Türen. In der Mitte sind die Stufen abgetreten, jenseits der Fußspuren geht der Schmutz in einen bräunlichen Belag über, halbrund ist er in die Ecken eingebacken, im Lauf der Jahrzehnte zum festen Bestandteil des Hauses geworden. Noch nie bin ich jemandem in diesem Treppenhaus begegnet, es kommt mir vor, als lebte niemand hinter diesen Türen, als sei es ein Geisterhaus. Vielleicht sind die Katze und ich um diese Tageszeit die einzigen Lebewesen darin. Ich trete auf die Straße, blinzelnd, wie man aus einem Kino kommt.

Die Ninth Street ist meine Lieblingsstraße, ich habe sie ganz allein entdeckt, niemals bin ich bisher mit Gregor hier entlanggelaufen. Hier, nur hier werde ich ruhiger, laufe langsamer. Still stehen ihre Bäume entlang der Gehwege, wie dick getuschte Wimpern recken sich ihre Äste vor den Fensterreihen der ersten Stockwerke. In einem winzigen Schaufenster lenkt ein *Psychic Reader*, ein Wahrsager und Kartenleger, mit Neonröhren in der Form einer Hand die Aufmerksamkeit auf seine medialen Fähigkeiten, seine Dienste – Kartenlegen, Handlesen, Lebensberatung –, sie erscheinen mir in dieser Stadt durchaus angebracht. Ich könnte ihn konsultieren, werde ich hier mein Glück finden, könnte ich ihn fragen, im Vorübergehen stelle ich mir Gregors Gesicht vor, wenn ich ihm erzähle, ich habe mir aus der Hand lesen lassen. Filigrane, schwarz lackierte Eisengeländer säumen die Treppen zu fast allen Eingangstüren, wie viele Menschen haben sie wohl schon berührt. In den Souterrains sind kleine Läden untergebracht, Schallplatten, selbst entworfene Kleider, Bioläden, oft ist es nicht mehr als ein Raum, zu dem zwei, drei ausgetretene Treppenstufen hinabführen. Die Markisen über den Schaufenstern sind grün oder blau, aus einem Café kommt der Duft frisch gebackener Baguettes. Wie schön muss hier der Frühling sein.

Ich bleibe vor einem Fenster stehen, auf dem inneren Fenstersims ist eine Miniaturbühne aus Pappmaché aufgebaut, an ihrer Rückwand hängt ein Foto der Sängerin Shakira, vor der Bühne stehen Barbiepuppen mit hochgereckten Armen und winzigen Nagellacktropfen am Ende ihrer steifen Finger. *Shakira we love you* lese ich auf einem Plakat, das zwei der Puppen zwischen sich halten, mit Bindfaden ist es an ihren

Handgelenken befestigt. Eine Barbie, die aussieht wie Shakira, sitzt am Bühnenrand mit einem Streichholzkopf als Mikrofon in der Hand. Immer, wenn ich hier vorbeigehe, ist es ein anderer Aufbau, einmal steht eine Gruppe Tänzer mit nackten Oberkörpern auf der Bühne, während Shakira an einer Ecke lehnt, die Arme auf dem Rücken verschränkt und ihren Kopf von einer männlichen Puppe mit platinblondem Haar abwendet, ein anderes Mal ist Shakira nicht zu sehen, und alle Tänzer liegen auf dem Bauch, ihre Arme hingestreckt zu dem leeren Platz in ihrer Mitte wie die Arme von Tempeldienern, die in einem unterwürfigen Zeremoniell der Gottheit huldigen, die gleich erscheinen wird. Mit meinem deutschen Verstand komme ich hier nicht weiter, das Viertel liefert ständig neue Wunder, ich sehe es an allen Ecken und Enden, niemand läuft Gefahr, für verrückt erklärt zu werden wegen ein paar Barbiepuppen im Wohnzimmerfenster. Das Gegenteil ist der Fall, nur wer wagt, gewinnt, wer etwas Neues erfindet, bekommt die Anerkennung der anderen, sagt der ehrgeizige Gregor, selbst kleine Fehler werden verziehen, wichtig ist nicht die Frage, ob es richtig oder falsch ist, wichtig sind Entwicklung, Mut und Kraft. Ich beschließe, mir ein Beispiel daran zu nehmen, ich werde einmal abends vorbeigehen, um zu sehen, ob es vielleicht eine Show gibt, ob der Besitzer dieses Fensters auch mit Licht und Musik die Aufmerksamkeit auf sich lenkt. Ein paar kleine Außenlautsprecher wären gut. Ein Streichholzkopf als Mikrofon, davon hat mir Gregor nie erzählt, er hat es nicht gesehen, er sieht nur seine Arbeit.

Im Sommer werden hier Gelächter und Musik aus der Tiefe der Wohnungen und Läden auf die Straße dringen, Geräusche, die an Sonnennachmittagen überall auf der Welt gleich klingen. Vielleicht habe auch ich irgendwann einen kleinen Showroom, habe eine Kunst erfunden, die ich heute noch nicht kenne, die mich einzigartig macht. Ich wünsche mir, Musik zu hören, laut und scheppernd möchte ich jetzt einen Song von Shakira um mich haben und mir ein paar Meter weiter an dem kleinen Andenkenstand eine schwarze Wollmütze kaufen, auf deren Rand das Kürzel der Stadt in verschlungenen weißen Lettern gestickt ist. Doch ich gehe vorbei am Drehständer mit den Kappen und Mützen, meine Füße sind schneller als meine Wünsche, nur die Touristen bleiben überall stehen.

Fünfzehn Minuten später steige in einer völlig veränderten Stadt aus der U-Bahn, die erleuchteten Kugellampen am Abgang zur Subway tauchen wie Urbilder vor mir auf, die Straßenschluchten liegen im Schatten. Endlich bekomme ich auch meinen eisblauen Himmel über den Avenues geliefert. Ich mache mich auf, unsere Anfänge zu entdecken.
Vor fünf Jahren standen wir in der Eingangshalle des Guggenheim, es war August, ich sagte zu Gregor, es ist zu heiß für ein Museum, lass uns draußen bleiben. Jetzt gehe ich zum Aufwärmen in den Museumsshop, blättere eine Weile durch Bildbände, schaue mir Uhren und Skulpturen in den Vitrinen an und will schnell wieder hinaus, ich gehöre nicht zu denen, die

sich den teuren Tand einpacken lassen, ich will endlich hinein in diese Stadt, will spüren, was wir bei unserem ersten Besuch empfanden.
Damals brachten wir die Hitze New Mexicos von unserer Reise mit und den feinen roten Staub aus Arizona. Im Schatten der Bäume gingen wir Arm in Arm die Fifth Avenue hinab, ich spürte Gregors Hand auf meiner Hüfte, spürte mich selbst darunter, und sofort stellte sich ein berauschendes Gefühl von Nähe zu allen Dingen ein, die uns umgaben. Das Licht- und Schattenspiel der Sonne, die durch die Blätterkronen drang, der große Park hinter seiner kühlen Mauer, alles ging mit wunderbarer Leichtigkeit durch mich hindurch und nahm mich für sich ein, das Hupen der Autos rief einen wohligen Kitzel hervor, selbst das rautenförmige Kopfsteinpflaster nahm einen guten Einfluss auf unser Leben. Der rot-weiße Hotdog-Stand vorm Museum, die Straßenmusiker mit ihrem perfekten A-cappella-Gesang, alles war mit einem himmlischen Augenzwinkern für uns erschaffen worden, Details eines Musicals, dessen Szenen sich in vollkommener Brillanz aneinanderreihten. Ich bedauerte, nicht singen zu können, ich wollte niemals im Leben mehr Gepäck bei mir tragen, wollte immer nur Gregors Hand spüren, die meinem Körper Kontur verlieh, die Hand, die mir das Leben so leicht machte in einer Stadt, die gewaltiger war als alles, von dem ich bisher geträumt hatte. Alles war präsent an diesem Augustabend, das Gestern und das Heute, unsere unbestimmte, verheißungsvolle Zukunft, die Erregung und der Hunger, den die Geräu-

sche einer Stadt am Ende eines heißen Sommertags hervorrufen. Eine hochgewachsene Frau trat aus einem Eingang des Parks auf den Gehweg und kam uns entgegen, der Blick, mit dem sie Gregor ansah, wirkte auch auf mich, wie ein Silberfaden zog sich die erregende Eifersucht durch meinen Körper.

Ich weiß nicht mehr, ob wir miteinander schliefen an jenem Abend. Es ist nie die Chronologie der Ereignisse, die bleibt, es sind die kleinen Dinge, die sich später, wenn niemand mehr hinschaut, in der Mitte ansiedeln, es ist ein Blick, der in Erinnerung bleibt, ein Geruch, eine Handbewegung. Es ist Gregors Hand, an die ich mich erinnere, an sein Gesicht, das in der Sonne glänzte und so verletzlich aussah, als er mich im Gehen anschaute aus seinen dunklen, mädchenhaften Augen.

Mein kleines, dunkles Mädchen. Die Worte formen sich ohne mein Zutun, ich spreche sie so lange stumm nach, bis sie zu einer fremden Sprache zerfallen, ein Spiel aus Kindertagen. Ich laufe an der Mauer entlang und weiß nicht mehr, wo die Stelle war, an der uns die fremde Frau entgegenkam, der Strom der Fahrzeuge zieht unablässig an mir vorbei die Straße hinab, sein Klang ist kälter als damals im Sommer, die eleganten Wohnhäuser auf der anderen Straßenseite blicken gleichmütig über mich hinweg. Gregor ist nicht mehr mein kleines, dunkles Mädchen, der Gedanke trifft mich genauso hart wie der Streif Sonnenlicht von einem Fenster gegenüber, das gerade geschlossen wird. Eigentlich weiß ich es seit meinem ersten Tag, seit der Minute, als ich ihn fragte, ob er

einen Tag freinehmen kann, um mit mir herumzubummeln, genau hierher wollte ich mit ihm kommen, hier wieder entlanggehen. Du weißt doch, ich muss bei der Stange bleiben, Urlaub ist nicht drin, er sah mich an, als verstünde ich nichts von dem, was vor sich ginge.
Ich biege ab in den Park, gehe eine Weile auf verschlungenen Wegen in Richtung Metropolitan Museum, und als es neben mir im Gebüsch raschelt, fällt mir die Katze wieder ein, ihr Schreien vom Abend zuvor, als mich Seinfeld gerade beruhigt hatte, der Schacht verstärkte ihre Stimme und trug sie zu mir in die Wohnung, und plötzlich weiß ich, warum sie schrie: Im Februar sind die Katzen rollig. Zum ersten Mal tut sie mir leid.

Gregors gutes Aussehen macht mich nervös. Ich zähle die Blicke, die auf ihn fallen. In der Reinigung drehte sich eine Frau beim Herausgehen noch einmal nach ihm um, sie griff am Türknauf vorbei, ich stand neben ihr, las die Kleinanzeigen an der Wand und hörte das Klacken ihrer Fingernägel auf dem Türglas, als sie danebengriff. Gregor ist sich seines Aussehens weniger denn je bewusst, er nimmt seine Umgebung nicht wahr, ich bin neuerdings seine Wächterin, alles, was mir fehlt, die Überraschung bei seinem Anblick, die unverhohlene Bewunderung, entdecke ich in den Blicken der anderen. Mein Blick ist nur noch prüfend. Ich seh dich, siehst du mich auch, ist die einzige Frage, die er stellt. Die Liebe ist leicht durchschaubar, sie verändert das Licht im Raum, wenn sie da ist, und lässt noch eine Weile die Tür offen, wenn sie geht. Die Eifersucht ist ein anderes Kaliber, ist die Unterseite der Liebe in dunklen Schattierungen, wenn der Himmel sich verdunkelt, bricht sie einem die Beine.

Nur durch Zufall entdeckten wir damals die Dachterrasse des Museums, *Elevator to Roof Garden* stand auf einem kleinen Hinweisschild am Rande der Eingangshalle, darunter wies ein eleganter, altmodischer Pfeil in den nächsten Saal und von dort zum Fahrstuhl. Oben war eine kleine Bar aufgebaut, wir waren die ersten Gäste. Der Steinboden hielt die Hitze des Tages, jenseits der grün wogenden Baumwipfel des Parks leuchteten die Fassaden der Upper West Side in der Abendsonne, wir lehnten uns an die Brüstung, nippten dankbar an unserem kalten Bier. Es war diese Stelle, an der wir uns das Versprechen gaben. Einmal hier leben und arbeiten. Ich war es, die das sagte. Wir schauten uns verblüfft an, lachten, weil es so einfach klang, uns so unwirklich vorkam, wir sprachen darüber, wie wir es anstellen könnten, zuerst im Spaß, dann gingen wir zaghaft die Möglichkeiten durch. Einmal hier leben und arbeiten, was würden wir dafür geben. Wer es zuerst schafft, zieht den anderen nach. Noch nie hatten wir etwas so Wichtiges zueinander gesagt, in diesem Moment versprachen wir uns, es zu versuchen. Es stellte alle unsere Liebesbekenntnisse in den Schatten, es hätte auch eine Filmszene sein können, doch alles Unwirkliche war verschwunden, dazu lösten sich die Bieretiketten zu schnell von den Flaschen und klebten uns am

Daumen, wir nahmen ernst, was wir sagten. Niemals schien mir mein Leben wahrhaftiger.

Damals schwitzten wir, jetzt friere ich trotz des Sonnenscheins, der Wind fegt waagerecht die Fifth Avenue hinab und treibt mich vor sich her. Im Frühjahr, das dem Sommer und dem Winter folgte, begannen die Veränderungen zwischen uns. Als müsse dem Verschmelzen unweigerlich die Abgrenzung folgen, als müsse man die Konturen nachzeichnen, die sich aufgelöst hatten, beschlossen wir, getrennte Wohnungen zu behalten. Gregor beschloss es und unterzeichnete den Kontrakt für das erste große Projekt, das er leiten sollte, jetzt ist das Studentische endgültig vorbei, sagte er mit Nachdruck in der Stimme und einem Seitenblick. Vorbei waren auch die Wochenenden im Bett, wir saßen nicht mehr wie die Spätzchen nebeneinander in unserem Nest, wir waren ein Paar mit einer, nein, zwei Perspektiven. Die Kinderschmerzen waren kein Thema mehr und auch nicht die gegenseitige Heilung, wir maßen unsere Liebe nicht mehr in Jahreszeiten, sondern in Tageszeiten. Das Schweigen ist ein unerträglicher Zustand, wenn man in der Stimme des anderen ein Zuhause gefunden hat; mit dem Schweigen zogen die Fragen ein, mit den Fragen die Kritik und als Antwort darauf die aufgeschlagene Sonntagszeitung beim Frühstückstisch. Eine Liebe im Schnelldurchgang, eine Nähe, die vor der Zeit altert, weil ihr das Thema verlorengegangen ist, so hätten auch eine Überschrift und ein Artikeleinstieg in einem der Feuilletons sein können, die Gregor nicht mehr las.

Sign your name on the dotted lines, unterschreib auf den gestrichelten Linien, bat ich Gregor etwas mehr als ein Jahr zuvor in Berlin und legte den Packen Formulare vor ihm auf den festlich gedeckten Esstisch, alles Gedruckte hatte ich mit weißem Papier abgedeckt. In meiner Aufgekratztheit darüber, endlich etwas gefunden zu haben, das uns wieder verbinden würde, sprach ich zu laut, beinahe verlor ich die Beherrschung, als er mich nur fragend anschaute. Eine Überraschung sollte es werden, die Unterlagen für die Greencard-Lotterie waren mein Weihnachtsgeschenk für ihn, es war eigentlich ein Scherz, den ich machen wollte, ursprünglich in Ermangelung einer Idee für ein Geschenk, vielleicht auch in Ermangelung eines Gefühls. Lange hatte ich darüber nachgedacht, was ihm etwas bedeuten könnte, es musste etwas sein, das mit uns zu tun hatte und unsere matten Gespräche über Kleinigkeiten in den Hintergrund treten lassen könnte, seine Angewohnheit, oft bis spät in die Nacht zu arbeiten, seine Schweigsamkeit bei den sonntäglichen Frühstücken, das Verstecken hinter der Zeitung.
Vertraue mir, sagte ich, befahl es ihm beinahe und wünschte mir in diesem Moment so sehr, diese Aufforderung würde Raum greifen, in ihm und auch in mir. Wie einen Bühnenvorhang würde ich die weißen Blätter über den Datums-, Orts- und Namensfeldern nach oben ziehen, Gregor brauchte nur noch zu unterschreiben, und alles zwischen uns begänne wieder von vorne, vertrau mir, sagte ich wieder, ich schick dich in die Zukunft. Ungeduldig stand ich neben ihm, stieß mich mit den Oberschenkeln von der

Tischkante ab, in mir war eine Erregung, wie ich sie lange schon nicht mehr gespürt hatte, er war mir zu langsam, schon geriet meine Freude aus dem Takt, und das, was ich bannen wollte, tauchte klarer denn je auf, die Müdigkeit und der Unwillen gegen seine maßvolle Art. Widerwillig trug er schließlich alle Daten ein, selbst die Nummer seines Personalausweises schaute er nach, wir tranken Champagner, ich wurde übermütig und verriet ihm, was er unterschrieben hatte, da lächelten wir uns zum ersten Mal seit langem wieder an.
Als dann in der Lotterie tatsächlich sein Name gezogen wurde, als in den Wochen danach auf dem Konsulat alle Fragen beantwortet, alle Passbilder in den richtigen Formaten eingereicht und der Hausstand in einer schrecklichen Hauruck-Aktion aufgelöst war, saß ich am Flughafen so lange auf einem blauen Plastiksitz, bis seine Flugnummer von der Anzeigetafel verschwunden, über den oberen Rand ins Nichts gestoßen war. Ich hoffte auf ein Wunder, durch meinen Kopf gingen verschiedene Möglichkeiten, da gab es eine Szene der Umkehr, in der ein einzelner Mann den Gang zurückkam, um mich gleich in die Arme zu schließen, da gab es das Rutschen des schweren Flugzeugleibs über die Startbahn hinaus, bis er schließlich in Schräglage liegen blieb; selbst ein Unglück hätte ich zugelassen, wenn nur Gregor dabei nichts passierte, wenn ich nur einen Tag länger mit ihm hätte verbringen dürfen, einen einzigen Tag, der alles veränderte.
Selbstverständlich rollte die Maschine an, ganz

pünktlich mit Gregor in ihrem Bauch. Ich suche ein *Briefcase*, sagte er noch drei Tage zuvor zur Verkäuferin in der Lederwarenabteilung des Kaufhof, schon ganz auf die neue Welt eingestellt, eine schmale Aktentasche, in die viele Dokumente gehen. Nun saß er angeschnallt im Flugzeug, und alles hob ab, die Lufthansa mit Gregor, Gregor mit seinem Rucksack in der Ablage genau über seinem Kopf, der Rucksack und die Aktentasche, darin sein Reisepass als allerwichtigstes. Auf eine seiner Seiten würde die amerikanische Einwanderungsbehörde den Stempel drücken, und er bekäme die Greencard, die grünliche Plastikkarte, seine unbegrenzte Aufenthalts- und Arbeitsgenehmigung für die USA, unsere Zukunft also, Gregors Zukunft zunächst, denn mir hatte die Lotterie kein Glück beschieden.

IX

Der Dachgarten ist im Winter geschlossen, sagt die uniformierte Museumsangestellte am Informationsschalter des Museums mit ernster Stimme und freundlichem Lächeln, und so gehe ich wieder hinaus und weiter die Fifth Avenue hinab. Ich lasse mich treiben, gerate wieder in einen Touristenstrom, es geht in Richtung des nächsten Museums, ich überlege, ob ich mich dort nicht aufwärmen sollte, schere, ohne nachzudenken, zur Seite aus, da tut sich vor mir die Erde auf, und Prometheus, ganz in Gold, kommt herabgestiegen und hat das Feuer dabei, Posaunen setzen ein, Streicher legen ihre Arpeggios darunter, und Frank Sinatra singt sein *Witchcraft*.
Ich stehe vor der Eislaufbahn des Rockefeller Centers, mir gegenüber schwebt der Titanensohn dicht über einem Sockel, es ist offensichtlich, dass er gerade vom Himmel herabkam, um den Menschen das Feuer zu bringen, er hat die Fackel in seiner Hand, hält sie jedoch nicht zu nah an die Eisbahn. Von schräg gegenüber haben die Nachrichtenagenturen alles im Blick. Es ist halb zwölf am Vormittag. Von der Bande des Rings löst sich ein Mann, Ende sechzig vielleicht, etwas steif fährt er eine weite Runde. Vor Prometheus

steht eine Frau auf dem Eis, sie dreht sich, schaut dem Mann nach, offensichtlich wartet sie auf ihn, über einer puderfarbenen Strickhose trägt sie ein rosa Tutu, ich muss zweimal hinsehen. Niemand außer mir schaut hin, niemand schaut weg, die Leute gehen ihrer Wege an diesem Vormittag, als sei es alle Tage so, und in diesem Moment weiß ich wieder, hier ist es alle Tage so, niemand stört sich daran, wenn kleine Träume ausgelebt werden. Der Mann zieht unter mir vorbei, seine Kufen kratzen über das Eis, im Vorüberfahren nimmt er die Hand der Frau, gemeinsam fahren sie eine Runde, an deren Ende er in einem galanten Bogen wendet, nun rückwärts neben ihr gleitet, sie sprechen miteinander, lächeln sich an. Mit wenigen Schritten setzt er sich vor sie, nimmt auch ihre andere Hand, zögernd beugt sie ihren Oberkörper, hebt ihr rechtes Bein in die Waagrechte, ein waghalsiger, zittriger, zärtlicher Moment, in dem ich die Luft anhalte.

Könnte Prometheus nicht auch zu uns herabsteigen, uns das Feuer bringen, uns zeigen, was es heißt, Mensch zu sein? Ein neuer Prometheus, ein Frank-Sinatra-Prometheus, dessen unvergleichliche Stimme ein Heilmittel gegen die Schwere in uns ist, der die allumfassende amerikanische Romantik in uns wachruft, jetzt, da wir hier leben? Schon immer war ich der Meinung, ›Die Große Amerikanische Sehnsucht‹, diese zupackende, souveräne Darstellung von Entsagung, Warten auf die Liebe, Trauer über die Liebe, alles über alle Genres der amerikanischen Musik hinweg, müsse eine eigene Epoche in der Kulturgeschichte

der westlichen Welt darstellen, eine Ikonografie der Gefühle, in Worte und Musik gefasst. Diese Musik heilt Magengeschwüre, hörte ich einmal jemanden über das *Crooning*, den sehnsuchtsvollen Gesang eines Mel Tormé, sagen, ich werde es nie vergessen.
Kann sie auch uns heilen? Noch nie konnte ich Gregor davon überzeugen, welch gewaltigen Willen, welche Überzeugung die amerikanische Musik darüber ausdrückt, alles werde einmal wieder gut. Vielleicht färbt es auf ihn ab, wenn diese Stadt ihre Kraft in der Musik ausdrückt, wenn die Spitze des Empire State Building zu *Old Blue Eyes'* Geburtstag blau erleuchtet in den Himmel weist, so, wie ich es viele Jahre zuvor im Fernsehen gesehen habe, wenn irgendwo nur ein Hauch dieser Sehnsucht Einzug in seinen Körper hält und zu uns durchdringt, wenn wir in den kleinen Morgenstunden, den *Wee Small Hours of the Morning*, der Zeit zwischen den Zeiten, wenn die Nacht endet, kurz bevor der neue Tag aufzieht, gemeinsam erwachen aus unseren Träumen, uns einander zuwenden mit geschlossenen Augen, weil diese universelle amerikanische Stimme in uns nachhallt und alles so einfach macht. War nicht bereits ein wenig Zauberei im Spiel, als er die Greencard gewann, war dieser ganze Vorgang – die Formulare, die Interviews, der Flug – nicht von langer Hand, von meiner Hand, vorbereitet, vorgezeichnet gewesen für ihn und für mich? Was braucht es, um gemeinsam alt zu werden?

Ich beschließe, der Kälte zu trotzen und bis hinunter zum Washington Square zu laufen, auch wenn ich spät nach Hause kommen werde, ich möchte die Übergänge kennenlernen, will wissen, wie es sich anfühlt, mich Greenwich Village zu nähern, dem East Village. Und vor allen Dingen will ich diese zärtliche Szene nicht verlieren, die ich eben auf der Eislaufbahn gesehen habe, ich will sie mit mir tragen und in Zukunft alles gut machen. Noch bin ich nur zu Besuch, aber bald werde auch ich mich täglich anstrengen müssen, für einen Arbeitsvertrag, für neue Freunde. Wie schön wäre ein Foto des Eislaufpaares, es wäre mein Startschuss, ich würde es aufhängen, ein aufgehängter statischer Schnappschuss eines Paares in Bewegung wäre es, jeden Tag würde ich es anschauen und wissen, wohin ich gehöre. Wie immer habe ich nur die Kamera meines Handys zur Hand, ich werde mir das Bild sofort ausdrucken, wenn ich wieder in Gregors Wohnung bin, hoffentlich wirkt es auch in Schwarz-Weiß.

X

Ich dachte eigentlich, heute machen wir es uns schön, sagt Gregor am nächsten Morgen, ich hatte vor, mit dir in die Oper zu gehen. Es ist Samstag, mein erster richtiger Samstag in dieser Stadt, heute vor einer Woche bin ich angekommen, und er beginnt mit schlechter Stimmung. Gregor liegt neben mir im Bett auf dem Bauch, den Kopf zur Seite gedreht, seine Wange ruht auf übereinandergelegten Händen.

Freust du dich, fragt er in abfallendem Tonfall, mit geschlossenen Augen, als sei klar, dass jemand wie ich sich nicht freuen könne.

Ich bin schon seit einer Weile wach, liege auf der Seite, betrachte das kleine Zimmer. Seit dem Vorabend nehme ich alles mit einem seltsam übersteigerten Bewusstsein wahr, nichts entgeht meiner Aufmerksamkeit.

In den Wandregalen neben dem Kleiderschrank sind meine Jeans, Pullover, Unterwäsche verstaut, auch sie Besucher in dieser Stadt, ein Schild in fremder Sprache an irgendeine Innennaht genäht. Darunter steht meine Reisetasche, noch mit meinen deutschen Fingerabdrücken aus Tagen versehen, die voller Erwartung waren. Die Tauben sind bereits aufgeflogen in den Samstagmorgen, ihr Gurren war mir viel zu nah an meinem Kopf, zum ersten Mal klang es altbacken, abgelebt. Ich setze mich auf und schaue zu Gregor hinunter, beinahe möchte ich lachen, ein Lachen, das mir Raum verschafft, die Dinge in eine Ferne rückt, aus der ich sie betrachten kann, eine Art Galgenhumor hat mich gepackt, ›Heut gehn wir ins Maxim‹, will ich am liebsten als Antwort summen, seinem vorwurfsvollen Tonfall etwas entgegensetzen. Doch die Dehnung in seiner Stimme, das Tonlose, als sei es von vornherein vergebens, mir diesen Vorschlag mit der Oper zu machen, lässt mich aufhorchen. Ihn jetzt nicht ernst zu nehmen würde den Tag aus den Fugen bringen. Die Schwerkraft in der Welt zweier Menschen ist nicht zu unterschätzen, auch das weiß ich.

Überwachst du mich eigentlich, fragte er mich am Abend zuvor im gleichen resignierten Tonfall, mit dem er eben den Opernbesuch ankündigte.
Wir begegneten uns im Treppenhaus, meinen Fußmarsch vom Rockefeller Center nach Hause hatte ich mit einem Cafébesuch unterbrochen, noch nie war ich so spät von einer Tageswanderung nach Hause gekommen. Im Treppenhaus roch es modrig, genau in dem Moment, in dem ich die Haustür aufschloss, ging die schwache Glühbirne an, und als ich in den Hausflur trat, sah ich Gregor wenige Meter von mir entfernt unter dem ersten Treppenabsatz stehen. Seine Haare sah ich zuerst, sie hätten in diesem Augenblick auch einem anderen gehören können, doch darunter war sein blasses Gesicht, aus dem er mich so gleich-

gültig ansah, als wäre ich eine noch unbekannte Mieterin im Haus, als könnte ich ihn hinter dieser blanken Miene nicht erkennen. Ach, du bist es, sagte er im gleichen Augenblick, in dem ich ihn fragte, was machst du denn hier, unsere Stimmen überschnitten sich, und in den beiden Sekunden des Schweigens, die darauf folgten, schien es, als müsste ein Dritter einschreiten und eine Erklärung abgeben.
Ich habe den Hausmeister gebeten, endlich nach der Heizung zu schauen, antwortete er ein wenig lauter als nötig, und nun sah ich auch zum ersten Mal die Tür unter dem Treppenabsatz, die ich bisher noch nie wahrgenommen hatte, noch nie hatte ich mir Gedanken darüber gemacht, wo die Hausmeisterwohnung ihren Eingang hatte. Im nächsten Moment erreichten wir beide auch schon aus unseren jeweiligen Richtungen - ich, die ich Uptown von Prometheus in das Lesen der Zeichen eingeweiht worden war, er, der aus der Hausmeisterwohnung kam - den Fuß der Treppe. Er ließ mir den Vortritt, schweigend gingen wir die Stufen hinauf, sein Blick an meiner Hüfte, es war ihm unangenehm, mir im Treppenhaus zu begegnen, damit hatte er nicht gerechnet. An der letzten Kehre ließ ich ihn vorausgehen, er sollte die Tür zu seiner Wohnung selbst aufschließen, und als ich ihm dabei zuschaute, sah ich die grauweißen Haare auf seinem Ärmel, wie eine Schleifspur waren sie, ein Indiz für eine Liebkosung, er hatte die Katze gestreichelt, sie vielleicht sogar auf den Arm genommen. Und wieder hinderte mich etwas daran, nachzufragen, gerade jetzt wäre mein Tonfall wieder zu argwöh-

nisch gewesen, für Eifersucht ist ja nie der rechte Zeitpunkt. Außerdem war das Terrain verboten, er hatte mir nichts von der Katze erzählt, und er würde es auch nicht, sie gehörte nur ihm, sie war weiblich, ich musste erst noch mehr Indizien sammeln, um ihn überführen zu können, und die Fragen dazu musste ich mir auch noch überlegen. Es ist, als spielten wir heiß und kalt mit den Gefühlen, wo die Katze ist, ist es heiß, wo ich bin, ist kalt. Mit Schrecken nahm ich wahr, wenn ich nur einen Ton von dem sagte, was mir im Kopf herumging, würde er mich vielleicht zu Recht verrückt nennen, ich musste aufpassen auf mich, diese Gedanken durften nicht überwiegen.
Warum kommst du denn so spät nach Hause, fragte er mich lauernd, als wir die Wohnung betraten.
Darf ich etwa nicht, gab ich spitz zurück und schloss die Tür hinter mir, ich wollte dich dabei überraschen, wie du beim Hausmeister ein und aus gehst. Im gleichen Moment erschrak ich über das, was ich sagte, etwas in mir war angesprungen und drängte nach vorne, der alte Zündfunke war nicht erloschen, er war noch in mir und in ihm, nun spielten wir auch hier das Spiel der halb unterdrückten Andeutungen, das Spiel, das Erwachsene spielen, wenn sie gekränkt sind und nicht mehr weiterwissen.
Überwachst du mich neuerdings, sagte er also auch ganz folgerichtig und warf seinen Mantel auf das Sofa, er hatte schon die Schuhe ausgezogen, als ich immer noch an der Tür stand.
Gebannt von seiner Frage, blieb ich stumm, ich hätte sie mit Ja und mit Nein beantworten können, fühlte

mich verstoßen und doch als Eindringling, niemand soll mir sagen, so etwas gibt es nicht. Ich war der lebendige Beweis dafür, in welche Verzweiflung einen die Liebe stürzen kann.

Vielleicht hatte ihn seine Wohnung beruhigt, vielleicht war ich ihm auch als schwarz eingekleideter Vorwurf lästig, lass gut sein, sagte er und zog sich die Krawatte über den Kopf, es war ein anstrengender Tag, ich bin müde, ich glaube, ich war einfach erschrocken eben im Treppenhaus.

Aber es war nicht gut, nichts war gut den ganzen restlichen Abend lang, eine belastende Stille hing in den Zimmern und über der ganzen Bahnstrecke durch das Railroad Apartment hindurch, die er ablief, um Dinge zu transportieren, Wäsche etwa, die in den Wäschesack gesteckt werden musste, oder eine leere Tasse, die am falschen Ende der Wohnung stand, während ich durch die Fernsehkanäle zappte und mir sagte, dass es nicht anders sein konnte, er war aus der Hausmeisterwohnung gekommen und hatte ein schlechtes Gewissen. Vielleicht schaute er jeden Abend kurz dort vorbei, woher sollte ich überhaupt wissen, ob er wirklich immer so lange arbeitete, ob er sofort die Treppe hinauf in seine Wohnung ging. Vielleicht gab es hier ja gar keine Hausmeisterwohnung, was wäre, wenn der Hausmeister gar nicht hier wohnte, sondern irgendwo anders, und wer wohnte dann dort unten mit der Katze zusammen, und während auf irgendeinem Kanal die Abendnachrichten berichteten, ein Ehepaar habe sich in der Jerry-Springer-Show krankenhausreif geprügelt, fraß mich der Argwohn auf und die Scham darüber, was ich Gregor zutraute, und der Zweifel, ob nicht all diese Schlechtigkeit aus mir selbst kam. Ich wusste, ich würde ihm nicht vom Metropolitan Museum erzählen, nichts von Prometheus, und schon gar keinen Frank Sinatra in den CD-Spieler einlegen, allein der Gedanke an die Intimität eines *Come Fly With Me* oder des *Witchcraft* vom Nachmittag erschreckte mich.

Gegen Abend müssen wir uns beeilen, er hat sich in den Kopf gesetzt, vor der Oper noch einen Sack Wäsche in die Reinigung zu bringen, zwei Business-Anzüge sollen auch mit. Ich fange an zu drängeln, wir kommen zu spät, sage ich, lass doch das mit der Reinigung. Du immer mit deinen Sorgen, antwortet er und stopft mit gesenktem Kopf die Kleidungsstücke in den Sack, ich hab's doch voll im Griff.
Wir ziehen uns um, er wird im dunklen Anzug gehen, darunter ein weißes T-Shirt und ein Oberhemd, wieder fällt mir auf, wie lässig er aussieht, das machten die Körpergröße und die fließenden Bewegungen, sage ich mir, da hat er Glück gehabt mit den Genen. Ich ziehe meine Absatzschuhe an, der Schnee wird sie ruinieren, aber das ist mir egal, sechs Zentimeter Wachstum werden sie mir bringen, das reicht, um mit den Augen auf seiner Nasenhöhe zu sein. Die Schuhe werden auch zur Folge haben, dass Männer mich gerne laufen sehen, ich habe es fast vergessen, wie gut das tun kann, ein anerkennender Blick, ein Lächeln aus dem Augenwinkel. Gregor kann es nicht leiden, wenn ich meine Augen dunkel schminke, vielleicht,

weil sie dann größer wirken als seine. Er möchte mich gerne natürlich, wie er immer sagt, ohne Schminke und hohe Hacken, aber darauf werde ich jetzt keine Rücksicht nehmen, ich möchte gefallen, schön und groß will ich sein und mich auf keine Diskussion einlassen.

Es wird tatsächlich spät mit der ganzen Umzieherei, ich schlage vor, ein Taxi zu nehmen, er besteht auf dem Midtown Bus. Regen setzt ein auf dem Weg zur Bushaltestelle, der nächste Bus kommt laut Plan erst zwanzig Minuten später. Im Eilschritt laufen wir zur Subway an der Second Avenue, die Stöckelschuhe waren ein Fehler, ich versuche, dem Schneematsch auszuweichen, schon sind die Füße nass, ich habe Mühe, mitzuhalten, falle zurück, hole ihn mit den Zwischenhopsern eines kleinen Mädchens wieder ein, das bringt ihn normalerweise zum Lachen. Er blickt sich nicht um, auch dann nicht, als ich mit kräftiger Stimme noch einmal ein Taxi vorschlage, wütend bin ich jetzt, was ist das für ein Theater, würde ich am liebsten sagen, hör auf, wie ein Kind zu schmollen. Es ist Samstagabend, wirft er mir über die Schulter zu, da sind die Taxis alle belegt.

Den ersten Akt verfolgen wir auf dem Bildschirm, ich mit nassen, kalten Füßen, erst nach der Pause dürfen wir zu unseren Plätzen. Gregor lässt sich nur durch Mimis Lungenentzündung, die mir die Tränen in die Augen treibt, dazu verleiten, mich kurz von der Seite anzuschauen. Sofort denke ich an Cher in *Moonstruck*, doch außer diesem Seitenblick, der nicht einmal entfernt dem von Nicolas Cage gleicht, und meinen roten

Fingernägeln haben wir nichts mit der Leidenschaft der Liebenden zu tun. Gemeinsame Opernbesuche berührten uns früher sehr, ich habe es beinahe vergessen, wie sehr sie uns in einen Gleichklang versetzten, in dem wir uns einander völlig zuwenden konnten, jetzt aber spüre ich seinen Ärger sogar körperlich, wie eine Woge rollt er gegen mich an, mir kommt der Verdacht, auch er seziert die letzten Tage.

Es regnet noch immer, als wir die Oper verlassen, er winkt energisch nach einem Taxi, doch wir sind nicht die Einzigen, die hier stehen. Als eines hält, drängt sich eine elegant gekleidete Frau an Gregor vorbei und sitzt schon im Fond, bevor er die Worte zum Protest findet. Auch ein Mann ist jetzt aus dem Nichts aufgetaucht, ganz selbstverständlich lässt er sich durch die gegenüberliegende Tür auf die Sitzbank gleiten, sorgfältig schließt er dabei seinen Mantel mit einer Hand vor dem Bauch. Das nenne ich Ellbogen, sage ich, doch er geht bereits weiter. Der stramme, kalte Regen trifft uns von der Seite, in den tiefen Schlaglöchern glänzen die Pfützen, wir müssen aufpassen, dürfen nicht zu nah an der Fahrbahn laufen. Ich versuche, ihn einzuholen, er hört meine schnellen Schritte, geht widerwillig langsamer. Neben uns fährt ein Wagen dicht am Bordstein vorbei, Wasser spritzt auf, es ist eine regelrechte Welle, die uns trifft. Ich fluche, wische mir mit meinem Schal das Gesicht ab, sehe von der Seite, auch er wischt sich ab, es hat ihn mit voller Breitseite erwischt. Noch vor Tagen wäre ich eingeknickt, wäre mir schuldig vorgekommen, mein Argwohn vom Vorabend, mein Besserwissen auf dem Weg zur Oper, alles wäre verhandelt worden. Ich habe alles schon hundertmal erlebt, die gegenseitige Ablehnung, die stummen Vorwürfe, die sich durch unseren Gang, durch eine Kopfhaltung ausdrücken, die unausgesprochenen Drohungen, die Ahnung, dieses Mal könnte das Maß voll sein und wir in Zukunft getrennte Wege gehen.

Wie zwei Schauspieler nach den Proben gehen wir die Columbus Avenue hinab, wir haben uns schon auf vielen Straßen so bewegt, ein Paar in der Krise, resigniert und wütend. Der Überdruss sitzt mir in der Kehle und verbreitet seinen sauren Geschmack, ich möchte meine Augen schließen und mitten in der Szene abtreten, den Hinterausgang mit der Schulter öffnen und eine neue klare Nachtluft atmen. Eine weit entfernte Möglichkeit klingt in mir an, wie wäre es, wenn du das alles hinter dir ließest, sagt sie, leicht und frei zeigt sie mir mein Leben, wie es sein könnte. Ich möchte Gregor in den Arm nehmen, ihn trösten, ihm sagen, wie unnötig sein Ärger ist, wie gestrig. Hör auf damit und leb dein Leben, will ich ihm zurufen, ich bin meiner Sache so sicher, dass auch er meine Veränderung wahrnimmt, sein Groll schwindet tatsächlich, ich spüre es an seinem Schritt, an der Art, wie er weicher wird, ich nehme es trotz seines Mantels wahr, so vertraut ist mir sein Körper immer noch.

Endlich hält ein Taxi, schweigend fahren wir nach Hause. Wollen wir noch ein Bier trinken, frage ich beim Aussteigen. Der Tag soll einen versöhnlichen

Ausgang haben, viel mehr muss ja nicht mehr sein, die Luft ist ja schon raus, der ganze Abend zusammengefallen wie ein Hefekuchen, Gregor stimmt zu, auch er scheint erschöpft. Im *Yaffa Cafe* ist noch Hochbetrieb, wir haben Glück und bekommen einen kleinen Tisch in einer Ecke, abgekämpft sitzen wir vor den roten Kerzen. Wir sprechen nicht viel, bieten uns vorsichtige Bemerkungen über die Oper, den Regen an, sie sollen genügen, uns fürs Erste zu besänftigen.

XI

Nervös und doch vorhersehbar wie die Landung und der Flug eines Vogels vergingen die Stunden, die Tage, meine ganze erste Woche, ich kann sie vorüberziehen sehen, und so, wie der Vogel kurz vor dem Auffliegen mit dem Schwanz wippt, schlägt mir, sobald ich morgens aufstehe, von tief innen das Gefühl eines drohenden Verlusts an die Kehle, eines Verlusts, den ich selbst herbeiführe, ohne ihn stoppen zu können. Ich bin durchs East Village gelaufen in der letzten Woche, durch SoHo und Chinatown, oft entschied ich erst kurz zuvor, wohin ich ging. In einem chinesischen Warenhaus in der Canal Street nahm ich Kunstperlenketten in die Hand und legte sie wieder in ihre Kästchen, betrachtete die eingelegten Körperteile von Insekten und Reptilien, vergaß alles um mich herum und hatte doch das Gefühl, die Zeit totzuschlagen. Im fahlen Neonlicht einer Umkleidekabine, die Füße auf einem billigen Orientteppich, über dessen Flor sich Staubflusen zogen, streifte ich ein schwarzes Seidenkleid über, dessen Vorderseite mit roten Drachen bestickt war. Ich erschrak, als ich mich im Spiegel betrachtete, so verändert, verwildert sah ich aus mit diesen Drachen auf meinem Leib, die sich über meine Hüfte nach oben wanden, um mit gespaltenen Zungen meine Brüste zu berühren. Noch nie hatte ich ein ähnliches Kleid getragen, ich beschloss, es zu kaufen, das tierhafte daran veränderte meinen Blick und auch meinen Körper, ich drehte und wendete mich vor dem Spiegel, die Drachen machten jede Bewegung mit. Es würde Gregor nicht gefallen, und dieser Gedanke wiederum gefiel mir. Siehst du, deshalb bin ich ja hier, würde ich ihm antworten, noch bevor er etwas sagen könnte, ich bin hier, um etwas Neues anzufangen.

Und da war sie plötzlich wieder, hinausgesprungen aus dem Schacht und mir hinterhergelaufen, die Katze, neben der Kasse stand sie und wartete auf mich in zehnfacher Ausfertigung. Sie hatte sich verändert, war zu einem Miniaturdenkmal aus Steingut geworden, ein kleines goldenes Dreieck lächelte mich an aus ihrem puppenhaften Gesicht, die hintereinandergestaffelte Aufreihung dieses Katzenlächelns war beinahe spöttisch. Schnell packte ich die Papiertüte mit dem Drachenkleid in meine Tasche und verließ den Laden. Jede Straße war jetzt bevölkert von Katzen, aus Schaufenstern und von Plakaten herab schauten sie mich an, selbst in Einkaufstaschen aus Leinen waren sie gewebt, ich erkannte sie sogar auf den Haarspangen eines kleinen Mädchens. Doch ich kannte nur eine, die lebendig ist. Die Kraftlosigkeit machte mir an diesem Nachmittag besonders schwer zu schaffen, ich wollte nach Hause, früh setzte ich mich vor den Fernseher, die Tüte mit meinem Kleid legte ich unausgepackt in mein Regalfach. Ich mied das

Fenster, vermied es, hinunter in den Schacht zu schauen, und musste doch ständig an ihn denken, während vor mir die Werbesendungen flimmerten. Wieder verstand ich das Amerikanische nicht, verstehe es nie, wenn ich mich nicht konzentriere, es ist eine fremde Sprache, deren heller Klang mich stumm und taub macht, während mich der Argwohn täglich zum Schacht zieht, wenn ich ihm nachgebe, werde ich mich verlieren.

Einmal fuhr ich hinunter zum Financial District, um bei *Strands* die Büchertische entlangzuschlendern. Ich dachte an Gregor dabei, der nicht weit entfernt vielleicht gerade mit einem Kollegen vor dem Trinkwasserspender in einem beigefarbenen Flur stand und sich von der Seinfeld-Folge vom Vorabend erzählen ließ. Gregor hat ein Leben, würde man sagen. Er hat einen Job, sein Name und seine Telefonnummer sind bei AT&T registriert, der Besitzer seiner Reinigung kennt ihn mit Namen, und er hat ein Bett, dieses wunderbar warme Bett, in dem wir abends nebeneinanderliegen und keine Nähe finden. Worauf richtet sich meine Sehnsucht, die in der Ferne liegt wie ein Sonnenuntergang, wie ein unbestimmtes Versprechen, das mich über mein eigenes Leben hinauszieht. Wenn doch die Zeit einen Sprung machen könnte.
Einmal erlebte ich diesen Sonnenuntergang sogar, an einem Abend kurz bevor ich mich mit Gregor traf, ich überbrückte die Zeit mit einem Spaziergang im Battery Park, in Bowling Green, an der südlichsten

Spitze der Stadt, an der ein Kiesweg vor einem schmiedeeisernen Geländer entlangläuft und die Laternen ein wehmutsvolles Licht über die Bänke werfen. Vor mir lag das Meer, das mich wieder daran erinnerte, ich stand auf einer Halbinsel, dahinter verlor sich die Februarsonne mit rötlichem Schimmer über dem Abendhimmel. Mit kalten Füßen stand ich und schaute lange in die rosige Weite, ein wohliges Gefühl, eins zu sein mit dieser Grandiosität, überkam mich, bis mir schließlich Freud einfiel, der alte kluge Vollbart-Freud mit seinen ozeanischen Gefühlen, und ich mich rasch von meinem Blick in die Ewigkeit löste. Auch diesmal zögerte ich, den Abend mit Gregor und seinen Kollegen in der Lautstärke einer Bar zu verbringen, wir haben hier weniger voneinander als in den fünf Monaten unserer Trennung, wollte ich ihm sagen, als er mich mittags anrief, doch die Rolle der unzufriedenen Freundin gefiel mir noch weniger, also ging ich zum vereinbarten Treffpunkt.
Sosehr ich auch versuche, mich zusammenzureißen, ich bewege mich Tag und Nacht durch Räume voller Melasse, alle Straßen, durch die ich gehe, alle Orte, die wir besuchen, sind mit einem unsichtbaren Widerstand gefüllt, gegen den ich ankämpfen muss. Nur wenn ich abends Seinfeld im Fernsehen schaue, komme ich zur Ruhe, schon bedauere ich, dass heute Samstag ist und er nicht bei mir sein wird, die Serie wird am Wochenende nicht ausgestrahlt. Es ist völlig verrückt, es kann nicht sein, dass mich das Fernsehen beruhigt und es sonst nichts gibt für mich in dieser Stadt, ich will hier leben mit Gregor, ich hämmere es

mir geradezu ein, deshalb bin ich hier, weil Gregor gesagt hat, ich soll kommen, und weil ich mit ihm leben will. Manchmal, wenn ich abends im Bett noch dem Tag nachspüre, fühlt es sich an, als sei ich stundenlang mit vorgebeugtem Oberkörper gelaufen. Ich möchte nicht, dass du mich vergisst, will ich einmal zu Gregor sagen, als ich ihn spätabends vor seinem Rechner sitzen sah, doch ich blieb stumm.

Am Sonntagmorgen gehen wir frühstücken ins *Pick me up*, ein kleines Café nahe der Avenue A, das mein Stammcafé werden könnte, so unkompliziert ist es mit seinen vergilbten Wänden, den dunklen Holztischen und der mit Zeitungspapier und Paketband verklebten Belüftung, eingerichtet von Menschen, die aus einfachen Dingen etwas zu machen verstehen. Mein zweiter Sonntag in der Stadt. Vom ersten habe ich nur den unangenehmen Nachgeschmack des Morgens nach meiner Ankunft zurückbehalten, wir gingen miteinander um wie Fremde, kein Wunder auch, ich war ja gerade angekommen, fünf Monate Trennung sind kein Pappenstiel, da verlernt man einiges. Vielleicht laufe ich deshalb auch so viel, dieser erste Sonntagmorgen und diese Katze im Schacht, manchmal schiebt sich beides übereinander wie zwei Scherenschnitte, kein Körper ist dann mehr zu erkennen, nur Vielarmigkeit und pechschwarze Mitte, dann ist es bedrückend für mich in der Wohnung.
So wenig, wie wir über den vergangenen Sonntag gesprochen haben, sprechen wir jetzt über den Opernbesuch am Abend zuvor, überhaupt nicht nämlich,

der Schreck sitzt uns noch in den Knochen. Draußen liegt Schnee, innen riecht es nach Kaffee und Hund. Hast du eigentlich bei deinen beiden Nummern angerufen, man hört ja gar nichts davon, fragt mich Gregor, als er seine Eggs Benedict serviert bekommt, glibberige Eier mit Sauce hollandaise, zu Hause hätte er das nie gegessen. Ich mag nicht, wie seine Frage die Zeitlosigkeit des Vormittags unterbricht, erzähle, zwei Versuche unternommen zu haben, bei denen ich mit Assistentinnen verbunden war, die mich vertrösteten. Das Ganze ist vertagt auf nächste Woche, sage ich entschieden, ein wenig zu schnell vielleicht, es stimmt, ich habe gebummelt in den letzten Tagen, das macht hier niemand, auch ich muss meine Ziele verfolgen. Ich kratze Butter auf mein Croissant, überlege, meine Schuld einzugestehen, das würde ihn verstummen lassen und den Vormittag retten.
Du solltest deine Zeit besser nutzen, er schiebt die Eierhaufen auf seinem Teller neu zusammen, die Anrufe sind doch wichtig. Du musst mehr auf Zack sein, du darfst deine Ziele nicht aus den Augen verlieren, da muss auch ein gewisser Zug dahinter sein. Seine Stimme wird zur strengen Vaterstimme. Er hat ja recht, ich sage es ihm auch, du hast ja recht, denke dabei aber, kann er diesen väterlichen Ton nicht seinlassen, es ist doch genau der Ton, den er an sich so verabscheut, warum fällt er immer wieder in diese Rolle, wird es ihm selbst nicht irgendwann einmal zu viel. Wahrscheinlich spürt auch er in diesem Moment, wie der Vormittag auf die schiefe Bahn gerät, wir merken beide, wie fest auch hier die Rollen ver-

teilt sind, die wir schon aus unseren letzten Jahren in Deutschland kennen, mit einem Mal sitzt die Enttäuschung wie eine fette Kröte vor uns auf dem Tisch, Gregor lässt schnell Kaffee nachschenken.
Endlich einmal Windhund im Hasenrennen sein ist sein Wahlspruch, er gehörte früher zu unserer geheimen Verständigung, wir lachten sehr über diese Absurdität, er schrieb mir den Spruch damals auf, seitdem trage ich den Zettel in meiner Geldbörse wie andere Frauen das Foto ihres Liebsten. Ich will den Satz gerade zitieren, um die Pause aufzuheben, die zwischen uns entstanden ist, da sagt er, auch die Abende mit seinen Arbeitskollegen sollte ich nutzen, und winkt nach der Kellnerin, möchtest du auch noch etwas Süßes, es gibt hier sehr gute Crêpes, sehr karamellig und von feiner Konsistenz. Zwei von ihnen hätten diesen Prozess bereits durchgeboxt, Interview, Einigung über die Jobanforderungen, abgesprochene Ausschreibung, die genau auf ihr Profil zugeschneidert war. Ein Anwalt, der alle notwendigen Dokumente und Begründungen aufsetzte. Ich sehe ihm zu, wie er mit unbewegtem Gesicht nach einer Serviette greift und ein paar Krümel vom Tisch fegt, denke an den Windhundspruch, an unser Lachen über solche Feinsinnigkeiten, daran, dass wir uns genau an diesem Punkt trafen, ein Humor auf Messers Schneide, von dem ich annahm, er sei unzerstörbar. Der Crêpe wird serviert, Gregor kneift mit seiner Gabel eine Ecke ab, lädt ein wenig Sahne auf den Rand und zieht darunter einen Klecks Vanilleeis zu einem kleinen Grinsegesicht, bevor er mir das Ganze mit einer krei-

senden Bewegung der Gabel vor den Mund hält. Ich verweigere die Annahme, schüttele den Kopf, nehme ihm die Gabel aus der Hand, legte sie ein wenig zu heftig auf meinen Teller, ein winziger Tropfen Eis springt auf den Tisch. Dann esse ich doch. Der Crêpe schmeckt wirklich gut. Nutz deine Zeit, sagt Gregor, als er zum Abschluss einen großzügig aufgerundeten Rechnungsbetrag in die braune Plastikmappe auf dem kleinen Tablett legt.

Meine Stimmung ist dahin, daran kann auch der verschneite Tompkins-Park vor dem Fenster nichts ändern. Ich sehe mich in Watte gepackt durch die vergangenen Tage wandern, schimpfe mich lethargisch, hänge mich bei Gregor ein, unsere Arme bleiben steif, wir finden keinen Rhythmus. Kann man ihn spüren, körperlich spüren, den Moment, in dem sich etwas zwischen zwei Menschen unverrückbar verschiebt? Unsere Gesten – das Grinsegesicht aus Vanilleeis, das Unterhaken – haben etwas von den alten Zeiten, und doch können unsere Gespräche nicht die dünne Wand einreißen, die zwischen uns entstanden ist, die Asynchronität, die nicht mehr durch die Ausrede zu entschuldigen ist, wir müssten uns nach fünf Monaten erst wieder aneinander gewöhnen.

Später liege ich auf Gregors Bett, lasse die Gedanken vorüberziehen, verwerfe sie, wenn sie zu sehr in die Nähe von Befindlichkeiten kommen, lasse mich einschläfern von der Hitze im Raum, betrachte Gregors Rücken. Gregor, der wieder im Straßenzimmer an seinem Schreibtisch sitzt, Papiere ordnet. Ich möchte das Frühstück am liebsten vergessen, jetzt geht es um den Abend, wir werden auf eine Party gehen, in dieser Stadt ist die Zeit knapp, da macht man auch sonntags keine Unterbrechung. Und als Gregor mir vom Schreibtisch aus zuruft, er freue sich auf den Abend, bin ich gerührt, für einen Moment ist alles so, wie ich es mir wünsche. Er hat mir zwei Tage zuvor von der Einladung erzählt, da gehen wir hin, sagte er, da lernst du andere Deutsche kennen, die hier leben, wir helfen uns gegenseitig, wir sind eine kleine Gemeinde. Gleich kam ich mir wieder wie sein Anhängsel vor, so beiläufig war sein Tonfall, warum hast du mir nicht schon früher von der Party erzählt, wollte ich fragen und will es auch jetzt wieder, rasch schiebe ich auch das beiseite. Hör auf mit dem Selbstmitleid, rede ich auf mich ein, wenn du dazugehören willst, setz dich in Bewegung. Das soll ab diesem Abend mein Motto sein. Die Gastgeberinnen wohnen in der Ninth Street, endlich werde ich eine Wohnung in meiner Lieblingsstraße von innen sehen. Ich werde eine private Person auf einer privaten Party in der größten Stadt sein, die ich kenne.

XII

An der Innenseite der Eingangstür sind sieben Bolzenschlösser angebracht. In die Nachbarwohnungen ist in den letzten beiden Jahren fünfmal eingebrochen worden, sagt Steph, die meinen nachdenklichen Blick bemerkt. Sie ist eine der beiden Gastgeberinnen, eine wuchtige, herzliche Deutsche, die eigentlich Stefanie heißt, und während sie uns den Mantel abnimmt, frage ich mich, ob Gregors drei Schlösser in der Fourth Street nicht etwas nachlässig sind, ob ich das nicht ändern werde, wenn ich hier wohne.
Auch diese Wohnung ist ein Railroad Apartment, größer als Gregors, gediegener. Der dunkle Holzboden im Eingangsraum glänzt wie von Wasser überzogen, vor einer Brownstone-Wand steht ein rotes, breites Sofa, auf dem niemand sitzt, außer einem Sideboard und einer Stehlampe ist es das einzige Möbel im Raum. Ich habe das sichere Gefühl, es gibt in der gesamten Wohnung nur wenig an Einrichtung, hier konzentriert man sich auf das Wesentliche. Es sind vielleicht zwanzig Leute im Raum, in Dreier- und Verergrüppchen stehen sie verteilt, die *usual suspects*, die üblichen Verdächtigen, ich kannte bisher nur den deutschen Ausdruck. Männer in tief auf den

Hüften sitzenden Hosen oder, ähnlich wie Gregor, mit Jacketts über Hemden oder T-Shirts, einige tragen Wollmützen. Frauen in eng anliegenden Röcken über ihren zierlichen Knien, wie wird meine Welt in zehn Jahren aussehen, frage ich mich, doch ich kann den Gedanken nicht halten. Die meisten sind jünger als ich, nicht älter als Mitte zwanzig, dünn und sehnig, wie es viele Frauen hier sind, als hätten sie schon zu Hause in Michigan oder Philadelphia für ihren Aufenthalt trainiert, als gäbe es ein geheimes Auswahlverfahren, das die Zähigkeit und den hochmütigen Blick vorschreibt. Trotz der Februarkälte tragen sie High Heels, ich kann nicht anders, ich bewundere ihre Disziplin und ihren Geschmack. Bereits beim ersten Hinschauen kann ich sie von den deutschen Frauen unterscheiden, die sich langsamer bewegen und bodenständiger, ja geradezu gelassen wirken und mir plötzlich alle sehr vertraut sind. Auch die Männer unterscheiden sich, hier sind es die Gesichter, ich erkenne die deutschen Männer, bevor ich sie sprechen höre, als hätten sie eine spezielle Physiognomie, vielleicht fehlt etwas Aufrechtes in der Schulterpartie, vielleicht sind auch die Gesichter zu konturenlos im Vergleich zu den amerikanischen, bei denen sich etwas Strotzendes bis in die Kieferknochen zieht. Es wird keine Musik gespielt, trotzdem macht es niemandem etwas aus, die eigene Stimme, das Gelächter der anderen überdeutlich zu hören. Unter und über allem ist das Hin und Her der Schuhe zu hören, ein ständiges Scharren, Standbein, Spielbein, ein Schleifen, ein unschlüssiges Wippen, verbunden mit Blicken zum Büffet, zu hören ist vor allen Dingen das Knallen der Absätze auf dem Hartholzboden, wenn jemand von einer Gruppe zur anderen wechselt oder einer der Gastgeberinnen in die Küche folgt. Die Fußgeräusche wirken im Gegensatz zu den Gesprächen privat, sie begleiten alles mit ihrem nicht zu unterdrückenden Eigenleben und verdicken auf seltsame Weise die Atmosphäre, und obwohl die Gäste sich artig einander vorstellen, sich austauschen und unentwegt anlächeln, geben ihre beschuhten Füße der Situation etwas Flüchtiges, Nervöses, als befände man sich in dieser Wohnung in der Ninth Street in einer Zwischenstation, und die Zeit dränge.

Auf dem Sideboard sind Teller und Gläser bereitgestellt, es gibt französischen Käse, italienische Salami, Salate, Baguette, Kuchen, die Ausstattung einer Party, wie ich sie auch aus Deutschland kenne, hier aber fühle ich mich arm. Mit dem, was ich zu Hause in der Agentur verdiene, sind französischer Käse und italienische Wurst für mich in dieser Stadt Luxusartikel, doch das wird sich bald ändern, feuere ich mich an und nehme mir vor, als Ergebnis des Abends eine Gästeliste für meine erste eigene Party zusammenzustellen. Man sollte meinen, ich hätte die Situation im Griff, ich bin die teilnehmende Beobachterin, die sich jederzeit mit einem Lächeln zurückziehen kann, mein Gefühl hält bis zu dem Augenblick, in dem Steph sich zu uns gesellt und Gregor sich nach ein paar Sätzen über das Wetter entschuldigt. Er geht zu zwei Männern, die ihn herzlich begrüßen. Einen davon

kenne ich sogar, es ist ein mittelgroßer, sandfarbener Typ, der in meiner Heimatstadt Ethnologie studierte, sich als Kabelträger beim öffentlich-rechtlichen Fernsehen verdingte und durch eine Hintertür Zutritt zum Dokumentarfilm erhielt, das erzählte er während eines Vortrags, den er an meiner Kunsthochschule hielt. Steph und er kennen sich durch gemeinsame Projekte, sagt sie, von Gregor weiß ich, sie ist als freie Nachrichtenkorrespondentin für private deutsche Fernsehsender unterwegs. Auch wenn ich zu Hause kaum Privatsender sehe, kommt mir ihr Gesicht sehr bekannt vor, vielleicht liegt es auch daran, dass mir ihre Freundlichkeit guttut. Der Dritte in der Runde ist ein Mann Mitte vierzig mit jungenhaft rundem Gesicht, der mit seinem dunklen Anzug und den lichten Haaren nicht so recht hierher passen will. Als Steph sich halb abwendet, um neue Gäste zu begrüßen, wechsele ich zu Gregors Gruppe, in der Gregor von Mr. Sandfarben gerade nach seinem Lieblingswort im Englischen gefragt wird, im Moment ist es ›ubiquity‹, antwortet er, als hätte er nur darauf gewartet, eine feinsinnige Frage beantworten zu können, davor war es ›leery‹, und ganz zu Anfang, also eigentlich noch in Deutschland, hab ich mich in ›enamored‹ verliebt. Ich spüre, wie sich etwas in ihm verhärtet bei diesem Wort, verliebt heißt es, das fällt mir gerade noch ein, Gregor meidet meinen Blick, blinzelt Sandfarben zu, dann stellt er mich vor, ich vergesse sofort die Namen.
Ubiquity? Tolles Wort, allein der Klang, sagt Sandfarben und schaut mich herausfordernd an.

›Nifty‹, sage ich rasch, ein Wort, das ich am Tag zuvor an einem Zeitungsstand gelesen habe. Ich hätte auch ›hefty‹ sagen können, auch davon weiß ich nicht, was es bedeutet, doch bevor ich danach gefragt werde, wirft der Dritte ein erwartungsvolles ›continual‹ in die Runde.
Stimmt, continual kann anstelle von continuous die elegantere Form sein, antwortet ihm Sandfarben. Die drei sind gut aufeinander eingespielt, sie pflegen die augenzwinkernde Gesprächsführung von Menschen, die gerne geistreich miteinander umgehen, und obwohl wir alle Deutsch miteinander sprechen, habe ich keine Chance, mich auf Anhieb auf ihrem schmalen Grat an Selbstironie halten zu können. Als Gregor einer Frau mit blassem Gesicht und dunkelrotem Mund zunickt, nehme ich mir wieder vor, den Abend gut über die Runden zu bringen, auch wenn ich *The Art of Mingling* nicht gelesen habe.
Da ist ja Marlene, sagt er, und die beiden anderen folgen seinem Blick, weiß man, was sie im Augenblick macht?
Sie nimmt wieder Schauspielunterricht und bedient in zwei Bars, antwortet der Dritte, der Marlene schon die ganze Zeit im Visier hat. Sie hatte letzte Woche ein Casting für *Law and Order*, fährt er fort, es war ganz großartig, und stellt euch vor, was passiert ist?
Wir schauen ihn erwartungsvoll an, Sandfarben steckt einen Finger in den Hals seiner Bierflasche, lass mich raten, sagt er und zieht ihn mit einem schmatzenden Geräusch wieder heraus, sie hatte keinen österreichischen Akzent mehr?

Nein!, der Dritte, den ich bereits den Doktor getauft habe, kommt jetzt in Fahrt, spricht schnell und mit rauer Stimme. Sie hat die Rolle bekommen, das heißt, sie hätte sie bekommen, aber sie verlangen eine Greencard, und die hat sie nicht. Es ist eine Schande, eine Ungerechtigkeit, eine regelrechte Gemeinheit! Ein kleines Spuckebläschen bleibt auf seiner Oberlippe zurück, er muss bis über beide Ohren verliebt in Marlene sein, ich habe ihn sehr gerne in diesem Moment.

Naja, gegen ihren Akzent hilft auch keine Greencard, sagt Sandfarben und wendet sich dem Büffet zu.

Gregor klopft dem Doktor auf die Schulter und geht hinüber zu Marlene, ich merke, der Doktor möchte am liebsten mit, er würde jede Gelegenheit nutzen, Marlene nahe zu sein, doch er kann mich jetzt nicht einfach stehen lassen. Ich kann ihm das nicht abnehmen, bin zu langsam, habe keine heitere Bemerkung parat, und plötzlich schnappt die Falle wieder zu, hilflos stehe ich neben ihm, der mich kurzsichtig blinzelnd dabei beobachtet, wie ich mit mir selbst beschäftigt bin. Was ich denn so mache, fragt er mich schließlich, es kommt ein bisschen tonlos, meine Lahmheit hat ihm die Stimmung verdorben, ich habe ihn mit in den Abgrund gerissen, bin selbst ganz erschüttert über die atmosphärische Veränderung, die sich einstellt, wenn man mit mir allein ist.

Ich suche einen Job, sage ich, sehe im gleichen Augenblick an seinem gequälten Gesicht, dass ich es damit wirklich vermasselt habe, möchte mir die Zunge abbeißen, ahne bereits, wie er gleich Abstand nehmen

wird von meiner deutschen Schwerfälligkeit, und ergebe mich mit zusammengepressten Lippen meinem Schicksal.
In was, fragt er.
Ich erzähle etwas von Studium und Kommunikationsdesign, brauche zwei Wimpernschläge, um zu verstehen, was er mit seiner Frage meint, laufe währenddessen – er schaut mir über die Schulter, um Marlene im Blick zu halten – mit dem Wort *Kreativagentur* ins Leere, rappele mich aber sofort mit einem entschlossenen *in Webdesign* wieder auf. Dabei lächele ich ihn so strahlend an, als sei meine kleine Rede genau geplant gewesen, als habe er auf diese Weise gleich einen Eindruck von meiner eigenen guten Portion Selbstironie erhalten, den ich aber sofort korrigieren werde, ich kann Prioritäten setzen, sagt mein Lächeln auch, jetzt können wir zum Geschäft übergehen.
Er sieht an mir vorbei und nippt an seinem Wein.
Und gerade als ich mich frage, ob seine Verknappung, diese Direktheit, nicht doch einfach unhöflich ist und er es genießt, mich auflaufen zu lassen, als Retourkutsche dafür, dass ich Zeugin seiner öffentlichen Erregung beim Marlene-Thema geworden bin, und dafür, dass ich ihm ein Klotz am Bein bin, genau in dem Moment, in dem in mir etwas sehr schnell damit beginnt, ihn abzulehnen, sieht er mich an und sagt: Sehr gut. Ich kann dir eine Adresse geben.
Es ist wie ein Hase-und-Igel-Rennen. Es ist gleich, was ich mache, die anderen sind vor mir da.
Hör auf, dich selbst zu bemitleiden, sagt in diesem Augenblick diese andere Stimme in mir, die ruhige,

die sichere, die sich immer dann meldet, wenn alles ganz verworren scheint, nur im Augenblick leider zu selten. Die Frage nach dem, was man tut und wo man herkommt, ist eine der ersten Fragen, die hier gestellt werden, sagt sie. Ich gebe ihr recht, mir fällt ein, ich sprach sogar einmal mit Gregor darüber, wie einfach es durch diese Frage ist, den anderen sofort einzuschätzen und folgerichtig miteinander umgehen zu können, keine Rüpelhaftigkeit sei diese Frage, sondern geradezu lebenserleichternd, höchste Zeit, sie auch bei uns ohne Scheu anzuwenden, stellten wir beide fest. Du hast nichts falsch gemacht, sage ich mir, die Leute sind freundlich zu dir, sie kommen auf dich zu, es ist klar, du brauchst ein wenig Zeit, es sind nur ein paar kleine Schönheitsfehler, die noch ausgemerzt werden müssen, dann wird sich alles geben. Ich fasse wieder Mut, bedanke mich bei dem Doktor, und als sollte ich im Hier und Jetzt bestätigt werden, kommt Martina, Stephs Mitbewohnerin, auf uns zu, ich weiß nicht, ob sie etwas von unserem Gespräch mitbekommen hat, ob sie mir durch ihr Lächeln Zuversicht schenken möchte, dankbar spüre ich sie neben mir. Es ist nicht immer einfach hier, sagt sie, während der Doktor die Gelegenheit nutzt, einen Stift suchen zu gehen, um mir die Nummer zu notieren. Sie schiebt sich eine Gabel Nudelsalat in den Mund und betrachtet mit mir die anderen Gäste. Der ist nach deutschem Rezept gemacht, sagt sie, tatsächlich sehe ich auch etwas Ähnliches wie ein Fleischwurststück zwischen ihren Lippen verschwinden. Du bekommst nur etwas, wenn du etwas zu bieten hast,

sie nickt nachdenklich in den Raum hinein und schaut mich dann an, magst du noch einen Wein? Ja, sage ich, und als sie sich umdreht, fühle ich mich plötzlich ungeschützt. Alle beziehen sich auf die Stadt, alles hat mit dem Leben hier zu tun. Vielleicht geht es nicht anders. Keiner von ihnen lebt zufällig hier, so, wie man zufällig der Arbeit oder der Liebe wegen in Köln landet, vielleicht sogar in Bielefeld. Ich beginne, in meiner Handtasche zu suchen, ich weiß selbst nicht, wonach, meine deutschen Visitenkarten vielleicht, ich tue so, als sei mir etwas eingefallen, als hätte ich etwas vergessen.
Was habe ich also zu bieten? Böse Falle, schon wieder die falsche Richtung, denke ich, besonders weil Gregor sich gerade in der anderen Ecke des Raums zu einer zierlichen Frau hinunterbeugt, schnell lasse ich die Sache mit der Tasche sein und schaue mich konzentriert um, als suchte ich voller Zuversicht ein neues Grüppchen, dem ich mich zugesellen könnte, und lasse doch Gregor und die zarte Frau nicht aus den Augen.

Ihr Gesicht ist hell, auf eigene Art elegant, noch nie habe ich solch kräftige, weit auseinanderstehende Wangenknochen gesehen. Sie hat ihre schwarzen Haare mehrfach zu einem nachlässigen Pferdeschwanz geschlungen, ihre Stimme – ich habe sie bereits im Vorbeigehen gehört – ist viel dunkler, als es aus ihrem winzigen Mund zu erwarten ist, ein Mund, der in ihrem Gesicht steht wie eine Blüte in der mongolischen Steppe. Ein besserer Vergleich fällt mir nicht ein, so beeindruckt bin ich von ihrem fremden, flächigen Gesicht. Als sie mit ihrer schmalen Hand eine Haarsträhne hinter ihr Ohr streicht, blitzt ihr Ring kurz auf, der große Stein hebt den feinen Teint ihres Gesichts hervor, lässt es mir ätherisch schön erscheinen. Für einen Moment sehe ich Gregor hinter ihrem hellen Körper knien, ihr langes Haar wie einen Zügel um seine Hand gewunden.

Ich kann mich nicht schnell genug kontrollieren, merke, wie Sandfarben mich von der anderen Seite des Raums beobachtet, mit Dokumentarfilmerblick registriert, unter welchem Eindruck ich stehe, ich fühle mich ertappt, sein amüsierter Blick lässt mir die Wärme ins Gesicht steigen. Man sieht mir immer an, wie ich mich fühle, deshalb halte ich nach dem Doktor Ausschau, der immer noch nicht aufgetaucht ist, ich verdächtige ihn sogar kurz, sich abgeseilt zu haben, lasse mich zurückfallen dabei, drifte ab zum Rand, hin zum Büffet.

Entschuldige, sagt in diesem Augenblick jemand hinter mir auf Deutsch, den Rest verstehe ich nicht. Aus der mongolischen Steppe weht ein Zuviel an Parfüm und ein Pferdewiehern zu mir herüber, als Gregor ihr und einem Mann mit Strickmütze etwas offensichtlich Heiteres erzählt, ich lese es an ihren Gesichtern ab, vor die er Daumen und Zeigefinger wie einen Guckkasten hält. So lebendig habe ich ihn schon lange nicht mehr gesehen.

Entschuldige. Obwohl es nicht an mich gerichtet ist, lässt es alles in mir verstummen und verwandelt sich so schnell in eine dunkle Beunruhigung, dass ich den

Atem anhalte. Jetzt will ich mich gar nicht mehr zusammenreißen, sondern mich darauf konzentrieren, welchen Nachhall dieses ›Entschuldige‹ in mir hervorruft, irgendetwas ließ ich unbeobachtet in den letzten Tagen, die Spur gehört verfolgt, bevor sie mir wieder entgleitet, es ist mir auch völlig gleichgültig, welches Gesicht ich dabei mache, ich hoffe nur, niemand kommt auf mich zu und spricht mich an.
Doch der Doktor hat einen Stift gefunden, freundlich läuft er durch die Grüppchen auf mich zu, sein Gesicht offen und harmlos, aber nichts kann jetzt meinen inneren Aufruhr besänftigen. Der Doktor heißt Peter, sehe ich auf seiner Visitenkarte, auf deren Rückseite er mir die versprochene Nummer notiert hat, er hat tatsächlich einen Doktortitel, auch ein Glas Wein hat er mir in Martinas Auftrag mitgebracht, ruf sie an, sagt er, Lucy ist erfolgreich, sie setzt ganz auf E-Commerce, ich bin Anwalt, sie ist meine Klientin, sag ihr, du hast die Nummer von mir. Ich bedanke mich, aber ich brauche den Moment dringend für mich, also stimme ich freudig zu, als er mir anbietet, für mich einen Teller vom Büffet zurechtzumachen. Ich nippe am Wein, säuerlich liegt er mir auf der Zunge, ich zwinge mich, zu schlucken.

Ich stand in meinem weißen T-Shirt vorm Kühlschrank in der East Fourth Street, seit Stunden schon wach, gerädert vom Jetlag, auf der Suche nach etwas Frischem, vielleicht einem Apfel oder einem Eistee. Gregor war plötzlich hinter mir, ich hielt es für einen Spaß, als er mein T-Shirt hob, einen halb verschlafenen Verführungsversuch, fünf Äpfel, etwas Käse, eine Plastikflasche Milch mit ausgespartem Griff standen vor mir im Kühlschrank, daran erinnere ich mich genau. Ich spürte seine Bettwärme, als er mir den Slip bis knapp unter meinen Po herunterzog, eine machtvolle Geste, die mich in eine stöhnende Hilflosigkeit treiben kann im richtigen Augenblick, in eine Duldungsstarre, wie man sie von Tieren kennt, nur süßer, menschlich. Er legte mir seine Hand zwischen die Schulterblätter, diese große, warme Hand mit dem feinen Saum dunkler Härchen, die mich früher beim bloßen Betrachten erregte, wenn sie auf dem Tisch lag oder auf meinem Unterarm. Ich spürte seinen Slip an meinem Po, er hatte ihn nur gerade so heruntergezogen, dass er ihn nicht behinderte, ganz zart berührte mich der Stoff, als wollte er mich streicheln. Sein Slip ist weiß, dachte ich in diesem Moment, es sind ja die unsinnigsten Gedanken, die einem manchmal durch den Kopf gehen. Sein Slip ist weiß, und er will mich trösten, blieb mein einziger Gedanke, als ich mich in Positur stellte für diesen häuslichen Überfall, sein Slip ist weiß, und er will mich trösten, damit hielt ich mich fest am Kühlschrank, verwundert ob der unpersönlichen Mechanik und der Tatsache, dass alles so schnell gehen musste. Verwundert auch darüber, wie fremd mir Gregor in diesem Moment war, weil er das so wollte, denke ich jetzt, auf dieser Party in der Ninth Street, im East Village an einem Samstagabend, in einem Raum voller Menschen, die ich nicht kenne.

Es tat weh, als er in mich eindringen wollte, es tat sogar so weh, dass ich zurückzuckte, ich war erschrocken und überrascht, entzog mich nur deshalb nicht, weil ich auf die Erregung des Augenblicks setzte, die sich vielleicht mit Verzögerung einstellen würde. Das ist wenigstens mal ein Anfang, dachte ich auch, also packte ich die Gelegenheit beim Schopf, am Schaft packte ich sie und verhalf ihr zu ihrem Einsatz, reflexiv und geübt. Manchmal sind es ja erst die Taten, die den Körper überzeugen, oft ist es die Unvermitteltheit, die alles in Gang bringt, wer kennt das nicht. Es war ja schon seltsam genug, dass wir uns seit meiner Ankunft nicht einmal richtig geküsst hatten, alles hätte doch neu beginnen können, ich hätte nichts dagegen gehabt. Deshalb wollte ich Gregor diese verrutschte Kühlschrankszene die ganze Zeit als Ungeübtheit nachsehen, als einen unglücklichen Versuch, uns nach all den Monaten der Trennung einander näherzubringen, als einen beschissenen Versuch, mich von sich zu stoßen, denke ich jetzt und stelle mein Weinglas mit einer Heftigkeit auf dem Büffet ab, dass der Wein mir über den Handrücken spritzt.
Ich kann beinahe noch spüren, wie ich Gregors Stöße abfederte, mich auf die Zehenspitzen stellte, um die Sache zu erleichtern, während der ganzen Zeit konzentrierte ich mich auf die Äpfel, die vor meinen Augen im Takt wippten, doch es sprang kein Funke über, Gregor und die fünf Burschen vor meinen Augen waren die Einzigen, die in Schwung kamen, die fünfe im Kühlschrank völlig unfreiwillig, das sah ich ihnen an. Ich ließ sie nicht aus den Augen, meine Äpfel, als sei

das, was hinter mir geschah, nur eine störende Notwendigkeit, die mich auf keinen Fall davon abhalten konnte, mir auszusuchen, welchen ich als Ersten essen würde. Dabei lehnte ich sogar die Stirn gegen meinen Unterarm auf der Kühlschrankkante. Mach dich nicht lächerlich, so gelangweilt kannst du nicht dastehen, dachte ich gleich darauf, zudem fingen die Äpfel an, sich auf ihrem Rost zu drehen. Sie waren das Einzige, das mich in diesem Moment berührte, es überkam mich geradezu ein Mitleid mit diesen Äpfeln, diesen hübschen kalifornischen Sundownern, die eine ganze Nacht in der Kälte und Dunkelheit ausgeharrt hatten, um nun mit roten Wangen Zeugen dieser Lieblosigkeit zu werden. In meine Rührung bezog ich bald auch die Milch in ihrer weißen Unschuld ein, auch sie ein unfreiwilliger Zaungast unserer privaten Abgeschmacktheit, ihr schnittiger Hinterkopfhenkel und das rote Alumützchen völlig fehl am Platz, das lange erwartete Bergrennen fand ja nicht statt, stattdessen war der Boxenstopp zu sehen, wenn überhaupt, denn da war auch noch das T-Shirt, das mir vor dem Bauch hing und meinen kleinen Freunden und mir die Sicht versperrte. Schade eigentlich, dachte ich und musste sogar lächeln, während mir Gregors Slip immer noch rhythmisch am Po rieb, vielleicht kämen wir alle in die richtige Stimmung, wenn wir zusehen könnten? Mein Kopf, den ich endgültig nicht mehr auf meine Unterarme lehnte, weil mir die Erschütterung meines Körpers, die ich dem Kühlschrank weitergab, obszön vorkam, mein Kopf saß jetzt eingeschraubt in meinem schmerzenden

Nacken. Ich wollte Gregor nach meinem Namen fragen, weißt du überhaupt, wie ich heiße, wollte ich sagen, weißt du, wen du vor dir hast, wen du von hinten stößt, ohne einen Ton von dir zu geben? Erinnerst du dich noch an mich? Da war es auch schon zu Ende. Vielleicht hatte Gregor sogar abgebrochen, der Verdacht kam mir später unter der Dusche. Er hörte einfach auf, glitt aus mir heraus wie ein Stab, der zu Boden fällt. Ich brauchte noch einen Moment, bis ich meinen Blick von den Äpfeln lösen konnte, kaum stand ich, zog Gregor mich zu sich herum und nahm mich in die Arme, mein Kopf so fest an seiner Schulter, dass ich kaum Luft bekam. Ich wünschte mir nichts weiter als einen langen, wilden Kuss in diesem Moment, einen von der Art, die langsam beginnen und dann nicht aufhören. Nichts mehr als einen solchen Kuss wünschte ich mir in diesem Augenblick, einen, der diesen verrutschten Beischlaf zu Makulatur erklären und alles von neuem starten würde, diesmal richtig, diesmal mit Gefühl. Manchmal weiß man ja nicht mehr genau, wie es geht, wenn man lange keinen Sex hatte, wollte ich gerade zu Gregor sagen, wollte alles auf der Scherzebene auflösen, da ließ er mich los und flüsterte im Weggehen nur dieses schreckliche Wort gegen meinen Scheitel.

XIII

Ich weiß nicht mehr, wie es weiterging, es will mir nicht einfallen, während sich jetzt der Schock, etwas Wichtiges übersehen zu haben, mit tagelanger Verspätung in mir ausbreitet, auf dieser Party in der Ninth Street, auf der immer noch keine Musik läuft. Ich vermute, Gregor duschte, zog sich an und ging zur Arbeit, wie sollte es sonst gewesen sein.
Ich bin so wach wie nie zuvor in den vergangenen Tagen. In der anderen Ecke des Raums reicht Gregor der Mongolin mit charmantem Lächeln ein Glas Rotwein. Mit brennenden Augen schaue ich zu, darin ist er gut, mein schöner, verschlossener Freund, sein Regelwerk der Höflichkeiten ist perfekt, dazu gehört auch eine förmliche Entschuldigung nach einem missglückten Beischlaf. Es ist die alte Enttäuschung, die in mir aufsteigt und die ich nur zu gut kenne, die Enttäuschung über vergebliche Bemühungen, überhörte Fragen, auch ich will mich ja davon nicht ausnehmen, auch ich habe die Zwischentöne immer zu spät wahrgenommen, die Augen geschlossen und den Alltag fortgesetzt, stets in der Hoffnung, alles werde gutgehen, es könne einfach nicht tragisch gewesen sein. Freundlich reicht mir mein Doktor einen vollen

Teller, ich nicke, lasse die Enttäuschung hinter mir, es geht um etwas anderes, schon kommt es auf mich zu, gleich wird es mich packen. Ich kann nicht mit dem Doktor reden, schaue auf seine Schuhe, die so blankpoliert sind, dass ich vermute, er hat sie auf dem Klosett nachgewienert. Ich würde ihm gerne etwas Nettes sagen, ihm sagen, er soll sich nicht diese Mühe geben, die Liebe kommt, die Liebe geht, doch es ist ja meine Liebe, die ich nicht mehr finde, die sich an irgendeinem unbekannten Punkt in der Vergangenheit aus dem Staub gemacht hat. Der Käse auf meinem Teller liegt in Würfeln, seine Flächen gelb und mit kleinen Vorsprüngen dort, wo das Messer stockte, die Weintrauben behalten ihren Saft für sich, niemals könnte ich sie jetzt kauen, weiß liegt mein Daumen auf dem Tellerrand. Es ist, als sei ich plötzlich krank geworden, so angreifbar bin ich, meine Kehle ist trocken, meine Haut rau und heiß, jedes Geräusch, jedes Lachen ist ein Schmerz. Ich habe es nicht gemerkt, ich habe ihn nicht bemerkt, den Tag, an dem alles zu Ende ging, wir haben ihn beide nicht bemerkt, nur eine Woche ist vergangen, aber keine Stimme, kein Blick macht ihn mehr rückgängig.

Eine ohnmächtige Wut auf alles, was sich hier auf dieser Party vor meinen Augen abspielt, überfällt mich, der Zorn auf alle Versäumnisse überkommt mich, Gregors unangreifbare, mit fremder Stimme ausgesprochene Entschuldigung lässt mich die Lippen zusammenpressen. Ich pralle ab von diesem Wort wie von einer fremden Macht, es hängt über mir wie ein Bann, den ich nicht entkräften kann. Ich möchte zu

Gregor hinübergehen, der lässig mit einer Schulter an der Wand lehnt und der Mongolin zuhört, die breitbeinig vor ihm steht, und ihm sein Glas aus der Hand schlagen. Mein Herz klopft mir bis zum Hals, ich muss hinaus aus dieser Wohnung, bevor ich mich tatsächlich gehenlasse und Gregor vor aller Augen von seiner Feigheit erzähle, von seiner Grausamkeit. Auch das ist etwas, das er an mir nicht leiden kann, meine Gefühlsausbrüche von Zeit zu Zeit, sprich nicht so mit mir, sagt er dann mit resigniertem Blick, du erreichst dadurch nichts, ich werde mich nur von dir entfernen, mit jedem Wort, das du mir an den Kopf wirfst, treibst du mich weiter weg von dir. Immer schon hat er es verstanden, meine Enttäuschung auf der Stelle in seine eigene zu verkehren. Und sofort nagen beim bloßen Gedanken an meine Vorwürfe auch die Zweifel an mir, ich weiß, ich wäre auch jetzt nicht in der Lage, ihm die einzig wichtige Frage zu stellen, die Frage danach, ob er mich noch liebt.

Fürs Erste will ich weg von hier, weg von dieser Party, hinaus in die Februarnacht, will meine Schritte auf den Steinplatten des Gehsteigs hören, auf den Eisenplatten, die darin eingelassen sind, die Zugänge zu den Kellern.

Ich fange sofort an mit meinem neuen Gang, hole meinen Mantel, verabschiede mich von einem verdutzten Gregor, dem ich sage, eine Migräne sei im Anmarsch, verabschiede mich damit auch von den Gastgeberinnen und bin zur Tür hinaus. Auf der Treppe überkommt mich wieder neue Wut, als könne

sie sich nur voll entfalten, wenn ich nicht in einem Raum mit ihm bin, schon wieder möchte ich schreien, am liebsten in sein Gesicht, wir haben über nichts geredet, hörst du?, seit einer Woche sprechen wir nicht über das, was wirklich wichtig ist. Ich überlege sogar, noch einmal umzudrehen, zum Glück fällt da schon die Haustür hinter mir ins Schloss. Ich gehe tatsächlich mit einem völlig neuen Schritt die Straße hinunter, will hören, wie sich meine Wut in dieser Stadt anhört, gebe mir über jedem Kellereingang besondere Mühe, und tatsächlich, meine Schritte lassen jede Eisenplatte unter meinen Füßen, sie lassen die Keller unter den Häusern erschauern.
Die Luft ist klar und kalt, der Park am Tompkins Square liegt in der Dunkelheit. Neben mir sind die kleinen Cafés und Bars wie Freunde aneinandergelehnt, ihr warmes Licht fällt auf den Gehsteig, *homes far away from home*. Hier ist das Viertel der kleinen Räume, der improvisierten Einrichtungen, der Windlichter auf Zweiertischen, hier ist das, was ich suche. Überrascht stelle ich fest, wie viele dieser Bars ich in der letzten Woche nicht wahrgenommen habe, alles habe ich nur durch Gregors Augen gesehen, es ist, als eroberte ich mir heute Abend dieses Viertel, als gehörte ich endlich dazu, eine Frau mit hochgeschlagenem Kragen und festem Schritt.

Zu Hause ziehe ich meinen Mantel aus und lasse ihn auf das Sofa neben der Eingangstür gleiten, wie es auch Gregor abends macht, das Sofa, auf dem ich jeden Abend gesessen und Filme angeschaut habe, während ich auf ihn wartete. Mit harten Schritten laufe ich durch die Wohnung und mache die Lampen an. Alles steht an seinem Platz, hat geduldig auf mich gewartet: der alte Fünfflammen-Gasherd in der Küche, in dem Newman eine Brandblase bekommen hat, zu Recht, wie ich rachsüchtig denke, der schwarze Fernseher, das stille Bett, auf dem meine dicken Strümpfe liegen, die ich tagsüber in der Wohnung anhabe und die mir nun vorkommen wie die Strümpfe einer fremden Person.

Auf keinen Fall halte ich es jetzt in dieser düsteren Wohnung aus, von Gregor weiß ich, auf dem Dach gibt es eine kleine Plattform, die man betreten kann. Hastig ziehe ich mir den Mantel wieder an, ich weiß nicht, was mich dort oben erwartet in dieser Winternacht, es ist die Vorstellung von mir selbst in der Dunkelheit und Kälte, die mich treibt, der Wunsch, mich zu entfernen von allem, was mit Gregor zu tun hat. Eilig gehe ich nach oben, nehme sogar manchmal zwei Stufen auf einmal. Drei Stockwerke weiter ist das Haus zu Ende, ich warte neben dem Lichtschalter, bis die Treppenhausbeleuchtung ausgeht, knipse sie wieder an, löse das Metallhäkchen aus seiner Öse und stoße die Tür zum Dach auf. In dem trüben Licht, das hinausfällt, trete ich auf eine mit Teerpappe ausgelegte Plattform, nicht größer als ein Ehebett. Nach einem kurzen Moment, in dem sich meine Augen an die Verhältnisse auf dem Dach gewöhnt haben, ziehe ich die Tür hinter mir zu, vollkommen allein möchte ich sein, auch nicht der Lichtschein aus dem Treppenhaus soll mich begleiten, nur mich soll es geben.

Jenseits einer kleinen Mauer, die mir bis zum Bauch reicht, verkanten sich dunkle Häuserrücken, recken sich Kamine und Brandmauern dem Himmel entgegen. Kaum etwas in einer Stadt sieht so verletzlich aus wie die Rückseiten alter Mietshäuser mit ihrem blätternden Putz, den freiliegenden Leitungen, den schiefen Verdrahtungen, die einmal einen bestimmten Zweck erfüllten, den niemand mehr kennt. Ich kenne die Sehnsucht, die mich beim Anblick erleuchteter Fenster überkommt, es ist die Vorstellung einer Heimeligkeit, die dahinterliegt, die wärmer, echter ist als mein Leben. Zum ersten Mal spüre ich nichts davon, tief atme ich ein, die Kälte sticht mir in die Lungen. Die Zacken und Riffe der Dächer setzen sich fort, so weit mein Auge reicht. Es schneit ganz stark, der Himmel legt sich als Filzdecke über Midtown, irgendwo dort drüben ist die Party in der Ninth Street, dahinter, in der Ferne, gar nicht so groß, wie ich erwartete, ist die Spitze des Empire State Building in einem milchig gelben Licht gerade noch zu ahnen. Der kalte Wind, der noch unten in den Straßen wehte, hat nachgelassen, ist kaum noch zu spüren, unter mir ist ein dunkles Rauschen, eine Brandung, die auch Meeresbrandung sein könnte, unterbrochen nur von einer einzelnen Sirene. Dort drüben, links von mir, muss New Jersey sein und Kerouacs raues Land dahinter, das in einem unglaublich riesenhaften Wulst der Westküste zurollt, auch ihn habe ich gelesen, vor fünf Jahren war es, bevor ich mit Gregor durch den Südwesten reiste, den Kopf und das Herz voll mit Bildern schnurgerader Straßen, Bergzügen in

der Ferne, Eisenbahnwaggons, auf denen *Santa Fe Railroad* steht, die Romantik aller Suchenden.
Mich überkommt eine Stimmung, wie ich sie manchmal in der Mitte einer besonderen Nacht habe, der Neujahrsnacht vielleicht, wenn man für einen Augenblick für sich ist. Die alten Dinge sind entfernt, die neuen noch nicht eingetreten, es gibt nur das Gefühl, außerhalb der Zeit zu stehen. Hatte Gregor die Augen geschlossen, als er mich vorm Kühlschrank genommen hat? Hat er? Hat er mich *genommen* vor dem Kühlschrank? Mir fällt kein anderer Begriff ein, es ist eine Ausdrucksweise, wie sie früher nie möglich gewesen wäre zwischen uns. Ich halte mich fest an diesem Wort, möchte mich ihm überlassen, in seiner Derbheit ist es ein Artefakt, ein schmutziges, unpoliertes Zeugnis einer Möglichkeit, die ich vielleicht nicht verstanden habe.
Mich fröstelt, die Winternacht kühlt mir den Körper aus, und Gregors Entschuldigung will nicht vergehen, sie wird zum Höllenwort, das sich kristallin in meine Knochen nagt. Er war ein fremder Mensch vor dem Kühlschrank, eine fremde, unerwünschte Fortsetzung meines Körpers, etwas Hineingetriebenes, nach dem ich nicht verlangt hatte. Es sollte das Fremde sein, das mich zurechtstößt, ich wusste es bereits, als ich diese lächerlichen Äpfel vor Augen hatte. Sein Glied war die letzte Verbindung zwischen uns, ein allerletztes Mal wurde es eingesetzt, ein Werkzeug, das die tragenden Teile voneinander entkoppelte und sie auseinanderhebelte.

Ein Gespräch fällt mir ein, das ich einmal zu Hause mit zwei Freundinnen führte, da war ich schon mit Gregor zusammen, es gehöre einfach zu einer guten Beziehung dazu, dem anderen im Bett einen Gefallen zu erweisen, auch wenn man keine Lust hat, war die Überzeugung der beiden. Sex, hielt ich dagegen, Sex in einer Beziehung sei nicht auf die Stufe eines Schweinebratens zu stellen, den man aus Gefälligkeit mitesse, obwohl man keinen Hunger habe. Ich höre noch meine aufgeregte Stimme, ich neige dazu, laut zu sein, wenn ich von etwas überzeugt bin. Ich jedenfalls wolle niemanden benutzen, zu spüren, dass er es nur mir zuliebe tat, würde mir alle Lust verderben, jegliches Gefühl in mir ersticken, vereinsamen würde ich in diesem Moment und wütend werden, geradezu zerstörerisch könne das Ganze bei näherer Betrachtung sein.

Ob ich glaubte, das über die vielen Jahre einer Beziehung so halten zu können, fragte mich die eine der beiden, ganz genau das sei Sex doch manchmal, sagte die andere, einfach nur ein Schweinebraten, der den Hunger stillt, ein Glas Bier, auf das man Durst hat, Hausmannskost, die ein Bedürfnis besänftigt, nicht mehr und nicht weniger, und ein kleiner Gefallen hat noch niemandem wehgetan. Meine hohen Ansprüche wurden kritisiert und belächelt, das ging so lange weiter, bis auch ich lächelte und zugeben musste, ich wüsste nicht, wie es zwanzig, dreißig Jahre später aussehen würde, vielleicht sei auch ich dann froh, wenn mir jemand einen solchen Gefallen erweisen würde. Wer weiß, legten die beiden nach, vielleicht fühlt sich genau das dann gut an, vielleicht ist das die Liebe? Wir lachten, wir wussten es nicht. Wir wussten nicht, wie das Leben mit sechzig sein würde, und ich weiß es weniger denn je, während ich wütend an die fremden Wohnungen unter meinen Füßen denke, besonders an die eine, in der ich nicht willkommen bin, auch an meine Reisetasche denke und überlege, sie zu packen, einfach zu gehen, alles abzubrechen, es wäre ein Fanal, das ich setzte, könnte ich damit nur irgendetwas retten.

Und jetzt, in diesem Augenblick, in dem er sich drüben in der Ninth Street den verschiedenen Grüppchen zugesellt, um sich im Small Talk zu üben, oder vielleicht auch der Mongolin seine Telefonnummer gibt, jetzt weiß ich, diese Kühlschrankszene war keine häusliche Achtlosigkeit, wie sie in vielen Beziehungen vorkommt. Wie eine Untote stand unsere Nähe neben uns, wie eine Untote, die aus ihrem Grab aufstieg, weil sie nicht ordentlich beerdigt wurde, weil wir sie vergaßen und kein Wort mehr über ihre schweren Tage verloren. Als wir ihr einmal noch die Türe öffneten, in diesem Fall die Kühlschranktüre, kam sie als Wiedergängerin zurück, unsere abgekühlte Nähe, um unsere Körper zu verhöhnen, um ihnen Angst und Schrecken einzujagen. Wie eine Bombe hätte diese Szene einschlagen sollen, sofort, ich hätte sie entschärfen, ihn und mich dingfest machen sollen, direkt vorm Kühlschrank, die Türe hätte ich zuwerfen sollen, dass alles zusammenkracht in dieser Küche. Die Katze, der Schacht, alles verweist wieder auf mich, die ich das faule Gefängnis verlassen habe mit meinem Gang auf das Dach, wie eine dunkle Vergangenheit liegt diese Stadt, in der ich eingeschlossen war, nun unter mir. Ich wusste alles von dem Moment an, in dem ich Gregors Wohnung zum ersten Mal betrat und mir der Mantel schief über der Schulter hing, und sie war die ganze Zeit da, die Gewissheit, nichts stimmt, alles hat sich ineinander verschoben, die Gegenwart und die Vergangenheit, und in diesem Schacht war ich gefangen, ohne Tageslicht, nur den Wind hörte ich heulen, die Tauben ein Märchen erzählen, meine Füße auf unbekanntem Boden, mein Kopf im uralten Licht. Am ersten Morgen in dieser Stadt bin ich erfroren, am zweiten Tag erstarrt, am dritten Tag erstickt, und noch immer liegt mein Körper ungesehen zwischen den moosfaulen Wänden.

Die Zeit hat einen Sprung gemacht, während ich auf dem Dach war, die Gehwege, die Autodächer, die Windschutzscheiben, alles ist jetzt schneebedeckt. Maria's Deli mit seinem erleuchteten Budweiser-Logo im Fenster liegt wie ein Zuckerhäuschen an der Ecke, will mich zum Bleiben überreden. Ich bin erschöpft. Der Schneefall hört nicht auf, Flocken fallen vom Himmel, so weit das Auge reicht, winzige Grüße aus der Ewigkeit, die mich ein wenig besänftigen, so schön glitzernd schweben sie auf ihren letzten Metern im Licht der Straßenlaternen dem Boden entgegen. Ganz nah ist mein Gesicht der Fensterscheibe, ein Schatten, mein Mund, zwei Augen, die mich anschauen.

Lange noch stehe ich in der Dunkelheit im Straßenzimmer, allein in dieser riesigen Stadt. Als die Schneeflocken spärlicher fallen, dann gar nicht mehr, rufe ich die Fluggesellschaft an, dann lege ich mich aufs Bett.
Relativieren sich die Dinge, wenn man auf dem Rücken liegt? Verteilt sich die Wut an der Oberfläche und entweicht, schlägt das Herz langsamer, weil die Traurigkeit eine so ruhige Angelegenheit ist? Ich lege eine Hand auf mein Herz, das kleine Bettlämpchen, das in der Wand verschraubt ist, wirft sein weißes Licht über meine Schulter und meinen Arm. Über mir verschwimmt die weiß gekalkte Zimmerdecke, der Raum scheint nach oben hin offen. Vielleicht haben jetzt zur gleichen Zeit in dieser Stadt Tausende anderer Menschen einen ähnlichen Kummer wie ich, und auch sie liegen im Bett und versuchen, mit einem Gedanken, einem einzigen Gedanken nur, vielleicht auch mit einem Griff an ihr Herz, das innere Fragen und Antworten für einen Moment zu unterbrechen. Nach einer Weile bin ich so müde, als wäre ich den Weg von der Ninth in die Fourth Street ein dutzendmal hin- und hergelaufen, als hätte ich stundenlang auf dem Dach gestanden, ich bin so abgekämpft, dass ich mich im Liegen ausziehe, mir Gregors großes T-Shirt überstreife und sofort das Licht ausmache.

Irgendwann öffnet und schließt er leise die Schlafzimmertür, ganz vorsichtig hebt er die Bettdecke an. Er hat das Licht ausgelassen, sagt nichts, bewegt sich kaum, atmet ganz flach, doch als er neben mir liegt,

weiß ich, seine Augen sind offen. Wir wissen beide, wir sind wach, wir spüren es kreisen im anderen. Schließlich bin ich es, die das Schweigen nicht mehr erträgt, die lieber alles mutwillig dem Ende zutreibt, als weiter stumm zu bleiben.
Was hat es mit der Katze auf sich, frage ich und liege kerzengerade auf dem Rücken.
Es ist die falsche Frage, angriffslustig wollte ich klingen und ihn wehrlos machen, stattdessen habe ich das Fenster zum Schacht geöffnet, Gregors Körper spannt sich an, die Luft im Raum ist stickig. Zwei Stockwerke unter mir sitzt die Katze und schaut mit weit geöffneten Augen in den dunklen Raum hinein, sie registriert jede noch so kleine Schwingung, und sei es auch das Rascheln einer Schabe im Badezimmer. Mit zusammengepressten Lippen, als könne ich die Frage rückgängig machen, warte ich auf seine Antwort.
Doch er spricht nicht. Stumm liegt er neben mir, unwillig. Wir sind doch alte Bekannte, sagt er schließlich, zuerst denke ich, er meint mich, gleich wird er sich darauf berufen, wie gut wir uns kennen und dass es kein Misstrauen zwischen uns geben sollte. Im nächsten Augenblick weiß ich, er meint die Katze. Die Katze und er sind alte Bekannte, offensichtlich erübrigt es sich, zu sagen, welcher Art ihre Bekanntschaft ist, ich warte noch einige Sekunden, doch er spricht nicht weiter. Wenn es im Schlafzimmer stockdunkel wäre, stiegen meine angstvollen Gedanken wellenförmig durch die Schwärze auf, doch im schwachen Licht der Straßenbeleuchtung, die vom

Straßenzimmer durch die offene Verbindungstür hereindringt, erkenne ich alle Konturen. Gregors Worte sind ausgesprochen und bereits vergangen, es war eine endgültige Aussage, ein Satz mit einem Punkt am Ende. Dieser Raum ist sein Raum, alle Gegenstände außer meiner Reisetasche und meinen Kleidungsstücken gehören ihm, gehören zu Gregor wie auch die Katze. Es ist völlig egal, ob es die Katze einer Frau ist, die in der Erdgeschosswohnung wohnt. Vielleicht ist die Katze schon seit drei Monaten, seit fünf Monaten nicht das erste Wesen, das er morgens sieht. Nicht einmal die Frage nach der Katze gehört mir, so fehl ist sie am Platz, Gregors Schweigen sagt es mir. Vielleicht stürze ich mich gerade in ein selbst verschuldetes Drama, doch ich kann keine Weinerlichkeit in mir finden, so gewiss ist es: Selbst wenn ich weiterfragen würde, Gregor unterstellte, er habe sich von mir abgewandt, ohne einen sauberen Schlussstrich zu ziehen – es ist zu spät. Ich bin ein Irrläufer. Ich humpele mit meinen Ängsten hinter Ereignissen her, die lange schon zu seinem Leben gehören. Alles ist alt.
Ich habe eine Art Patenschaft für die Katze, sagt er tastend, unentschlossen. Ich horche auf, beinahe bin ich bereit, mich auf eine Geschichte einzulassen, die jetzt folgen könnte, bin bereit, die chemische Formel gegen Kummer gemeinsam mit Gregor weiterzuentwickeln, das Beruhigungsmittel einzunehmen, wenn nicht die Unaufrichtigkeit dieser verdammten letzten Woche plötzlich in diesem Bett zu spüren wäre. An meinem nackten Bein spüre ich sie, an der kurzen Be-

rührung mit Gregors Bein, das er daraufhin unmerklich, aber rasch ein wenig zur Seite rückt. Das kurze Streifen brennt auf meiner Haut. Ich möchte jetzt ein Ausweichmanöver noch weniger hören als die Wahrheit, auch die Kühlschrankszene ist völlig unbedeutend geworden neben der Kälte, die mit einem Mal den Raum einnimmt und die ganze letzte Woche, all die Monate davor. Ich sage es ihm auch, laut und deutlich sage ich, hör sofort auf damit, ich möchte nichts mehr davon hören, ich will nicht irgendeine banale Geschichte erzählt bekommen, die mir erst Stunden später sagen wird, wir werden nicht zusammenleben.

Die Bettdecke liegt auf meinem Hals, meinen Brüsten, meinen Füßen, sie hält nichts von meiner Körperwärme unter sich, sie fühlt sich an, als sei sie eben erst gekauft und noch in Plastik gehüllt, ein Fehlkauf aus einem Billigladen in einem fremden Land. Ich warte darauf, dass Gregor etwas erwidert, und fürchte mich doch davor, meine Augen sind weit geöffnet, gleich werde ich ersticken. Ich ahne die in die Wand eingelassenen Regalfächer neben dem Wandschrank, im untersten steht meine Reisetasche, ein trübes Abbild meiner selbst, so starr und eingefallen, wie sie ist. Gregor zog wenige Tage zuvor, kurz bevor wir aus dem Haus gingen, ein Kästchen mit gesammeltem Kleingeld aus dem Regal, entleerte es auf seinem Schreibtisch, strich die dunklen Münzen über die Tischkante in zwei übereinandergelegte Papierservietten und verschnürte alles mit dem Rest eines Geschenkbändchens zu einem kleinen Sack. Auf der

Straße drückte er das Säckchen wortlos einem Obdachlosen in die Hand, der mit lumpenverhüllten Füßen neben einer Treppe kauerte. Ich wusste nicht, ob ich diese Geste als Herablassung oder Warmherzigkeit deuten sollte, Gregor spürte mein Zögern, er legte mir den Arm über die Schulter und zog mich für einen Moment an sich. Der Augenblick ging vorüber, ohne dass ich ihn fragte, wie er seine Geste mit dem Päckchen meinte. Ich würde diese Frage nie stellen, niemals wieder würden wir so unbedarft gemeinsam dieses Haus verlassen. Ich würde alle meine Wahrnehmungen revidieren müssen, außer der einen, dem Gefühl, dem ich in der letzten Woche am wenigsten glauben wollte: der Schwere meines Körpers.

Gregor nimmt meine Hand, zum ersten Mal in dieser Woche. Ich höre, wie er mir den Kopf zuwendet, spüre seinen Blick auf mir ruhen. Meine Hand liegt in seiner, er hält sie ganz leicht nur, sie ruht in seiner großen warmen Hand, während er mit der anderen Hand sachte über meinen Handrücken streicht, so bedächtig, wie er es lange nicht getan hat, wie ein Vater mit seinem Kind, wie ein Ehemann mit seiner Ehefrau zwischen den weißen Laken, kurz nachdem eine schreckliche Wahrheit Einzug gehalten hat. Ich schließe die Augen, meine Hand und mein Körper sind zwei gleich große Wesen, die bewegungslos nebeneinanderliegen, und für einen Moment hoffe ich, das könnte so bleiben. Auch wenn ich mich nie mehr bewegen kann, die Zeit soll anhalten in diesem Augenblick und uns keinen Zentimeter mehr nach vorne schieben, sie soll uns sein lassen, wie wir sind, zwei Hände und zwei Körper, die sich niemals trennen. Gregor streicht über meinen Handrücken, ganz sachte, ich spüre meine Adern unter seinen Fingerspitzen. Er schluckt, als ich den Druck seiner Hand erwidere, im gleichen Moment schlucke auch ich, es ist ein beinahe komischer Moment, wie wir glucksend in der Dunkelheit liegen und ein wenig schniefen. Ich stelle mir die Bewegung seines Kehlkopfs vor, denke daran, wie vorsichtig er ihn morgens rasiert, presse meine Augenlider fest zusammen, um das Bild nicht zu verlieren.

Ich will etwas sagen, öffne bereits meinen Mund, doch alles, was mir einfällt, ist ein Aber, an das sich noch ein Aber reiht, das immer gleiche Wort zieht sich wie ein Reigen durch die Wohnung, es würde auch nicht aufhören, wenn ich es ausspräche, und ich spreche es nicht etwa nicht aus, weil ich klug und weise bin, sondern verbraucht, so verbraucht, dass ich keinen Ton hervorbringen kann. Alles in mir ist stumm bis auf dieses Aber, noch immer habe ich den Mund leicht geöffnet, dabei weiß ich doch alles.

Wir werden niemals wieder gemeinsam in diesem Bett liegen.

Als hätte ich diesen Satz tatsächlich ausgesprochen, steht Gregor jetzt auf und geht ins Bad. Am liebsten möchte ich ihm hinterherlaufen wie ein Hündchen, noch immer getrieben von diesem Aber, das in meiner Kehle steckt. Doch statt es auszusprechen, stelle ich mich im Straßenzimmer an das Fenster, hebe meine Hände und lasse sie wieder fallen, eine Geste der Hilflosigkeit auf die Straße hinaus, als wollte ich den beiden Säufern, die unsicher aus Maria's Deli kommen, sagen, da ist nichts mehr zu machen, eine Einwirkung auf das Schicksal ist nicht mehr möglich. Ich merke mir jede Einzelheit in Marias Fenster, die grüne Budweiser-Leuchtröhre ist die einzige Farbe in dieser Welt, zum ersten Mal sehe ich, der Zebrastreifen an der Ampel ist kaum noch vorhanden. Vielleicht sollten wir noch mal rausgehen, sagt Gregor plötzlich hinter mir, das würde uns guttun, komm, lass uns ein Bier trinken gehen, wir können sowieso nicht schlafen. Ja, sage ich und dann sofort, nein, ich möchte nicht, geh du alleine, ich bleibe hier, und im gleichen Moment weiß ich, es ist ein Fehler, ich ertrage es nicht, ohne ihn in seiner Wohnung zu sein, ich ertrage es überhaupt keine Minute mehr ohne ihn, jetzt, da ich weiß, es ist zu Ende. Und wenn er jetzt tatsächlich geht, wenn ich mit ihm gehe auf ein lächerliches Bier, geben wir dieser Sonntagnacht einen Schub, den ich nicht ertragen werde, denn solange ich noch hier am Straßenfenster stehe mit meinen kraftlos herunterhängenden Armen, solange Gregor hinter mir steht und seine Jacke noch nicht anhat, kann uns nichts passieren. Doch wenn ich mich jetzt umdrehe, wird sich diese Nacht in den nächsten Morgen verwandeln, und bald wird es Mittag sein, dann Abend und dann die letzte Nacht.

XIV

Ich habe gepackt, ich muss nichts mehr entdecken, nichts mehr planen. Ich habe die Bettwäsche zusammengelegt und das Sofa glattgestrichen, die Badewanne gesäubert, mir einen Tee aufgebrüht, sitze an Gregors Schreibtisch im Straßenzimmer und warte auf die leeren Stunden am Flughafen. Es ist früher Nachmittag, mein Flug geht spät am Abend. Ich werde allein Abschied von dieser Wohnung nehmen, in der ich mich so fremd gefühlt habe, am Morgen waren mir Gregors Seifendüfte noch einmal nahe, ein letztes Mal habe ich mitbekommen, wie er die Katze füttert, habe zugeschaut, wie er das Fenster hochgeschoben hat, keine vier Schritte stand er von mir entfernt, sein Fenster zum Schacht ist im gleichen Raum wie das Sofa, auf dem ich in der letzten Woche so oft vor dem Fernseher saß und heute Nacht geschlafen habe.
Um sechs werde ich mich mit ihm in einem Starbucks nicht weit von der Stelle treffen, an der die Shuttle-Busse nach Newark abfahren. Ich fürchte mich vor diesem Treffen und sehne es doch herbei, als könnte dort wie von Zauberhand alles von vorne beginnen, als könnten wir sagen, verzeih mir, ich habe einen Fehler gemacht, viele Fehler gemacht, aber lass

uns daran denken, was wir hatten, lass uns nur das Gute dieser fünf Jahre fühlen bis hin zu unserem Versprechen am Anfang, vielleicht nähme er mir dann meine Reisetasche aus der Hand und sagte, komm mit mir nach Hause. Mein Kopf schmerzt, die Heizungsluft und mein Ausflug auf das Dach haben mir den Rest gegeben. Meine Gedanken sind ebenso trocken wie meine Haut, eine Erkältung bringt auch eine Art Ernüchterung mit sich, man ist so schwach, dass man unwillkürlich das Wesentliche von dem Unwesentlichen trennt, es ist verrückt, denke ich, aber dieses Happy End bei Starbucks ist völlig unmöglich, es ist eine Filmszene, die nichts mit meinen Halsschmerzen zu tun hat, die Liebe ist eine Sache, die nicht in der gleichen Sequenz wie eine Erkältung vorkommt, dramaturgisch gesehen braucht es schlimmere Krankheiten, um zwei Menschen wieder zusammenzuführen.

Die Traurigkeit wird kommen, wenn ich zu Hause bin, zuvor wird mich das Flugzeug für eine Nacht aus allem entführen, ich sehne mich nach diesen eintönigen Stunden in der Luft, in denen ich mich in die warmen Decken hülle und durch einen Spalt in der Zeit fliege, der alles Denken unsinnig erscheinen lässt. In Gregors Kisten habe ich nach Musik gesucht, der passenden Musik für diesen Nachmittag, auf dem CD-Spieler fand ich schließlich eine CD, die mir in den beiden Wochen zuvor noch nie aufgefallen war, Ludovico Einaudi, eine seltsam perlende, schleppende Pianomusik, der ich zuhöre, während ich den blassen Himmel betrachte. In diesem Moment wird alles lautlos. Ich bin allein in dieser Wohnung, allein in dieser Stadt. Die Fourth Street führt mich hinein, hinauf auf die Parkdecks, durch die Werbung, die ganze Hausfassaden einnimmt, und zwischen den Antennen wie Nadeln auf den Hochhäusern hindurch, über das Empire State Building, das Chrysler Building hinweg, über ihre dunklen Schatten auf den Straßenzügen. Es ist eine Insel, überdeckt von Asphalt, und ihr Name ist jedem bekannt. Fünf Yellow Cabs, hintereinander auf der Jagd. Eine Frau im Kostüm vor einer dunkel verglasten Eingangshalle, in der Hand eine Zigarette. Drei Zeitungsautomaten, weiß, grün, rot. Die Körnung des Asphalts. Im Hintergrund der große Park, ein großes grünes Rechteck, das sich gegen den Horizont dehnt. Dort, wo die Straßen die Stadt zerteilen, sind nun Flüsse und Wälder, ist die alte Insel mit ihren Wasserläufen und Hügeln, mit ihren Schwarzbären und Wäldern. Der Hudson River ist ein silberner See, dahinter setzt sich das Grün fort, das einmal New Jersey sein wird, und vorne endet das Land, dort vorne beginnt das Meer, das sich bis Europa zieht. Die Insel wächst im Zeitraffer in die Gegenwart, die Ufer werden befestigt, die Hochhäuser schießen aus dem Boden, alles, was ist und sein wird, es steht unter mir in einer vollkommenen Ebene, Gegenwart und Zukunft sind festgehalten in völliger Gleichzeitigkeit. Und mit aller Gewissheit spüre ich in diesem Moment, wie mein Leben verlaufen kann, und gerade, als ich die Worte finden könnte, verschwindet es wieder, tritt in den Hintergrund, gerinnt zu einer Sequenz aus einem Fiebertraum, wird zu einer steten Wiederholung, die ich erkennen muss. Eine Zahl und ein Ton ergeben eine Form, die wichtig ist und wieder auftaucht. Ich greife danach, und sie verschwindet, kommt mir entgegen und rückt in den Hintergrund, so lange, bis ich daran verzweifele. Dann zieht sie sich zurück ins Dunkle und erlischt.

Auf der Straße wird es laut, Männerstimmen legen sich über die Motorengeräusche vor der Ampel, und noch bevor ich aufstehen kann, spüre ich die Veränderung, dann sehe ich sie. Zentimeter um Zentimeter wächst etwas Großes, Graues vor dem Fenster in mein Blickfeld. Eine Plattform, breiter als der Fensterrahmen, schiebt sich hoch zu mir, auf ihr steht ein Kasten. Als der ganze Aufbau sachte schwankend stoppt, ist das Fenster ausgefüllt, kaum wahrnehmbar rückt er noch etwas näher, bis er vor mir steht. Meine Hand liegt so dicht neben der Teetasse, dass ich ihre Wärme spüre, doch ich kann meine Augen nicht abwenden von dieser Erscheinung, die aufgetaucht ist wie die entsetzlich namenlose Bedrohung aus einem Science-Fiction-Film. Es ist ein Scheinwerfer, einer der größten Filmscheinwerfer, die es gibt, ich habe ihn einmal in einem *Making of* gesehen. Er wird justiert und dreht sich in meine Richtung, nimmt mich ins Visier wie ein zyklopisches Auge. Ich halte den Atem an, kann nicht wegsehen, stelle mir vor, was passiert, wenn er gleich eingeschaltet würde, und wende mich schließlich mit einem Ruck ab, der meine ganze Kraft erfordert.